눈을 감으면

황경신 지음

이 도서의 국립중앙도서관 출판시도서목록(CIP)은
서지정보유통지원시스템 홈페이지(http://seoji.nl.go.kr)와
국가자료공동목록시스템(http://www.nl.go.kr/kolisnet)에서 이용하실 수 있습니다.
(CIP제어번호: CIP2013002402)

희망의 눈을 가려라

조지 프레더릭 와츠, 「**희망**」

그녀가 소중하게 껴안고 있는 악기에는
단 하나의 현만 남아 있다.
그녀는 오른손으로 달래듯 현을 어루만지며
그 현이 내는 떨리는 소리를 듣기 위해
귀를 기울인다.

어느 날 친구가 말했다.

"「희망」이란 노래, 알아?"

아니, 하고 나는 대답했다. 심장 깊은 곳으로부터 무엇인가가 급히 솟구쳤고, 웬일인지 목이 메었고, 덧붙일 말을 찾지 못했다. 친구가 내게 주려는 것이 무엇인지, 나는 알 것 같았다. 내가 구하고자 하는 것이 무엇인지, 친구는 나보다 먼저 알고 있었다.

어둠이 내려앉기 시작한 저녁이었다. 친구는 나를 데리고 작은 레코드숍으로 들어갔다. 나는 멍하니 서서 친구가 그 앨범을 찾고, 계산대 앞에서 지갑을 꺼내고, 잔돈을 받는 모습을 보고만 있었다. 하얀 종이봉투 안에 담긴 「희망」을 친구가 내게 건넸을 때, 나는 뒷걸음질을 쳤다.

"그 노래, 슬플 거 같아."

친구는 응, 하고 간결하게 대답했다. 노래가 슬프다는 걸까, 내 마음을 안다는 걸까, 그래도 노래를 듣는 쪽이 좋을 거라는 걸까. 나는 두려움으로 주저하는 손을 내밀어 봉투를 받았다. 예상대로, 그 노래는, 지독하게 슬펐다. 나는 슬픔에 잠겨, 슬픔에 흔들리며, 슬픔에 녹아드는 나 자신을 방치한 채로, 그 노래를 백이십 번쯤 들었다.

'희망'이라는 단어가 즉각적으로 '슬픔'을 떠올리게 했던 건, 그 시절의 운명이 나에게 혹독했기 때문이라고, 나는 믿었다. 시간이 흐른 후에 내린 결론이었다. 그러나 불행히도 그건 진실이 아니었다. 희망의 뿌리는 슬픔이며 슬픔에서 벗어난 희망은 존재하지 않는다는 것을 나는 인정할 수밖에 없었다. 어쩌면 희망은 슬픔 그 자체. 나는 본능적으로 그 사실을 알고 있었지만, 이유를 따져보자 막막해졌다. 논리적으로도 감성적으로도 설명할 수가 없었기 때문이다.

프레더릭 와츠의 「희망」을 처음 보았을 때, 나는 그 막막함이 구체적인 형상으로 내 눈앞에 나타났다는 것을 직감했다. 나는 놀랐고, 당황했고, 심지어 (가당치도 않게) 기쁘기까지 했다. 희망이란 단어에서 외로움, 상실감, 슬픔 같은 것을 보는 사람이 나 혼자는 아니구나, 라는 안도 때문이었을 것이다.

한 여자가 둥근 물체 위에 앉아 있다. 이 물체는 둥글기 때문에 어디에 앉아도 불편할 수밖에 없다. 둥글기 때문에 안정감 있게 서 있을 수도 없다. 물체는 언제 움직일지 모르고 앉아 있는 사람은 언제 떨어질지 모른다. '공이 튀는 방향'은 누구도 짐작할 수 없으니 떨어질 자리조차 가늠할 수 없다.

여자는 그 위태로움 위에서 둥글게 몸을 말아 균형을 잡고 있다. 그녀의 낡고 얇은 옷은 피부를 보호한다기보다 다치기 쉬운 피부의 일부처럼 보인다. 조심스럽게 드러나 있는 왼발은 '버팀'을 유지하기 위해 오른쪽 종아리를 감아올리고 있다. 오른쪽 다리는 아래를 향해 뻗어 있는데, 떨어질 경우를 대비하여 아래쪽 어딘가에 있을 땅을 의식하고 있는 것처럼 보인다. 그녀는 현악기 하나를 소중하게 껴안고 있다. 그러나 남아 있는 현, 즉 소리를 낼 수 있는 현은 단 하나밖에 없다. 나머지 현들은 오래전에 차례로 끊어졌을 것이다. 그녀는 오른손으로 달래듯 하나의 현을 어루만지며 그 현이 내는 떨리는 소리를 듣기 위해 귀를 기울이고 있다.

그녀의 얼굴은 우리를 향해 있지만, 그녀의 눈은 하얀 천으로 가려져 있다. 그녀는 볼 수 없다. 그 '볼 수 없음'이 나에게 어떤 치명적인 진실을 전하려는 것 같아서, 나는 오래도록 그림을 응시한다. 누군가 내 눈을 하얀 천으로 가려도 그림의 세세한 부분까지 떠올릴 수 있도록, 보고 또본다. 나는 그녀가 앉아 있는 둥근 물체의 감촉을 느낀다. 그녀의 몸을 감싸고 있는 얇은 옷의 냄새를 맡는다. 그리하여 마침내 텅 빈 우주 속에서 하나의 현이 미세하게 떨리는 소리를 듣는다. 그 찰나, 희망의 끝자락이 막 골목을 돌아 시야에서 사라지는 모습을 본다. 내가 본 것은 희망의 부재, 그러나 그건 희망이 그곳에 있었다는 증거.

어느 날 짐을 꾸려 나는 여행을 떠난다. 비행기로 열한 시간을 날아가서 차로 다섯 시간을 달린다. 목적지까지는 서너 시간을 더 가야 하지만, 점심식사를 위해 예정에 없던 작은 마을에 잠깐 들르기로 한다. 거대한 산의 기슭에 있는 마을로, '나비'라는 뜻의 이름을 가진 곳이다. 과연, 마을 어디서나 나비를 볼 수 있다. 진짜 나비가 날아다닐 계절은 아니지만, 나비로 만든 장식품들과 입간판들, 벽화와 기념품들까지 날개를 달고 날아오를 채비를 하고 있다.

마을의 지도를 얻은 건 마을의 입구와 출구를 확인하기 위해서였다. 어디에서 와서 어디로 가고 있는 건지 궁금했기 때문이다. 날개를 활짝 편 나비처럼 가로로 길게 뻗어 있는 지형 안에 숙소, 식당, 은행, 가게들이 늘어서 있었다. 그것들의 이름을 훑어보다가 앤티크숍을 발견했다. 'Odella's Antiques & Nostalgia'. 점심을 먹고 있던 레스토랑에서 멀지 않은 곳이어서, 식사를 한 후 한번 기웃거려보기로 했다.

이름이 '오델라'일 것이 분명한 할머니가 이웃에서 놀러온 친구와 차를 마시고 있었다. 밖에서 보기에는 그저 자그마한 건물이었는데, 보석함 같은 작은 방들이 1층과 2층에 빼곡하게 들어차 있었다. 오래된 그릇들, 병들, 액자들, 인형들, 책들, LP들, 모자와 모형 자동차와 농기구……. 모든 시간과 공간이 그 속에서 자유롭게 유영하고 있었고, 나의 기억과 타인의 기억이 마구 뒤엉켰다. 걷잡을 수 없는 피로가 몰려왔을 때, 내 눈

캘리포니아 주 마리포사의 앤티크숍에서 만난
프레더릭 와츠의 「희망」

에 띈 것은 커다란 침대 하나였다. 나는 본능적으로 침대가 있는 방으로 들어섰다.

작은 옷장과 장식장, 서랍장, 화장대에 모두 가격표가 붙어 있는 것으로 보아 다행히도 주인할머니의 사적인 공간은 아니었다. 나는 마음을 놓고 천천히 물건들을 뒤적였다. '그것'은 바닥에 놓여 있었다. 아니 엄밀히 말하면 바닥에 놓인 거울 속에 있었다. 전신을 비출 수 있는 건 아니었지만 화장대에 올려놓기에는 조금 커 보이는 거울은 윗부분이 사진이나 그림을 넣는 액자처럼 만들어져 있었다. 나는 내 눈을 의심하며 그 속에 들어 있는 낡은 사진을 바라보았다. 그건 프레더릭 와츠의 「희망」이었다.

무릎을 꿇고 앉아 다시 살펴보아도 분명 「희망」이었다. 누군가 그 그림을 카메라에 담고 인화하여 그 속에 넣어두었다. 사진 아래에 희미한 서명도 남겨두었다. 그리고 누군가 매일 이 거울을 들여다보았으리라. 사진을 찍어 넣어둔 사람, 아니면 그에게 거울을 선물로 받은 누군가. 그는 종종 거울 속 자신의 모습에서 눈을 들어 '희망'을 보았을 것이다.

사진을 찍은 사람이 사라지고, 거울의 소유자가 사라지고, 사진과 거울은 어느 마을의 작은 가게로 팔려갔다. 누구도 주의를 기울이지 않는 가게의 한구석에서 먼지를 뒤집어쓰고 있었다. 그다지 특별할 것 없는 어느 날, 여행을 떠나기 직전까지 와츠의 「희망」을 응시하고 '희망'에 대해 생각했던 한 이방인이 예기치 않게 그 가게에 발을 들여놓았다. 그곳에서 이방인은 마음에 품고 있던, 낯익은 '희망'을 만났다.

나는 더 이상 내 눈을 의심하지 않았다. 그 대신 거울을, 사진을, 시간을, 공간을, 세계를, 마지막으로 희망을 의심했다. 희망의 의도를 의심했다. 과연, 희망이 숨어 있을 만한 곳이긴 하지만, 그렇다 해도 이런 식으로 내 앞에 나타나야 했던 걸까? 희망이란 원래 그런 거라는 것을 굳이 확인시켜주기 위해, 수십, 수백 개의 우연을 겹쳐놓아야 했던 걸까?

나는 희망으로부터 벗어나고 싶었으나, 여행에서 돌아온 후에도 놓여날 수가 없었다. 어쩔 수 없이, 와츠의 「희망」을 다시 한 번 들여다본다. 그림 속 모든 요소들을 기억할 뿐만 아니라 모든 감각들까지 느낄 수 있다고 생각했는데, 생소함과 낯섦이 차가운 바람처럼 심장으로 스며든다. 뭔가 분리된 것, 어긋난 것, 그래서 미묘하게 달라진 것이 그 속에 있다.

문득, 하나의 의문이 고개를 든다. 너무나 명백해 보여서 지금까지 던져보지 않았던 질문. 와츠가 그린 것은 '희망을 품고 있는 한 여자'였을까?

이 질문에 '그렇다'라고 대답한다면 상황은 간결해진다. 희망이란 가장 절망적인 상황에서 품는 것이며, 따라서 그림 속의 위태로운 요소들은 그런 상황을 설명하기 위한 장치들이라고 쉽게 규정할 수 있다. 이를테면 둥근 물체는 언제 변할지 모르는 불안한 현재, 드러난 맨발은 지탱할 곳 없는 현실, 현이 끊어진 악기는 암담한 미래, 가려진 눈은 보이지 않는 구원이다. 그녀는 위험에 처해 있으며 간절하게 희망을 갈망하고 있다. 하나밖에 남지 않은 현이 소리를 내는 것을 희망의 증거로 품으려 하고 있다.

하지만 나에게는 이 친절한 직유가 어쩐지 부족하게 여겨진다. 나는 다시 그림을 본다. 그녀를 본다. 속수무책으로 노출된 맨발과 마지막 힘을 끌어모아 악기를 쥐고 있는 왼손과 행여 끊어질까 봐 노심초사하며 현을 어루만지는 오른손을 본다. 그녀의 가려진 눈을 본다. 하얀 천 뒤에 있을 그녀의 눈동자를 보려 한다.

그리고 나는 깨닫는다. 그녀는 눈을 감고 있다는 것을. 그녀의 눈을 가린 것은 바로 그녀 자신이라는 것을. 그녀가 바로 희망 그 자체라는 것을.

희망은 아무것도 보지 않는다. 현재와 현실과 미래와 구원을 직시하는 순간, 희망은 희망을 잃고 만다. 희망이 희망으로 존재하기 위해서는, 희망 외의 것을 생각해서는 안 된다. 그리하여 희망은 스스로 눈을 가린다. 둥근 물체 위에 앉아 있다는 사실도, 현이 하나밖에 남지 않았다는 사실도 잊기 위해.

들리는가, 당신. 희망이 내고 있는 이 연약한 소리가. 천 개의 어두운 길에서 단 하나의 밝은 길을 만들어내는, 캄캄한 소용돌이 속에서 굽이치며 흘러가는, 끊어질 듯 이어지는 희망의 불빛이 보이는가. 만약 당신이 희망을 들을 수도 볼 수도 없다면, 그럼에도 불구하고 간절히 그것을 원한다면, 방법은 하나뿐이다.

희망의 눈을 가려라. 그 어떤 과거와 현재와 미래도 담고 있지 않은, 순결한 하얀 천으로.

그리하여 나는 남은 숨을 뱉어내고
너의 가지에서 떨어진다
두고 온 후회가 없으니 저항도 없다
하루의 끝에서 고요히 눈을 감듯
순간만을 생각하는 마지막이다

운명으로 치장하지 않아도 사랑은 깊었다
나의 긴 부재를 다 끌어안은 네 안에서
바랜 시간의 빛은 눈물보다 아름답다
달의 힘에 이끌려 밀려가는 바다와 같이
다시 돌아올 것만을 생각하는 마지막이다

흩어지고 부서져 온 세상을 뒤덮을 기다림이다

이별

당신이 떠난 이유에 대해
누구에게도 물어보지 않았다.
나 자신에게조차 묻지 않았다.
멀고 아득한 당신은 처음부터 끝까지
거대한 물음표였고, 당신에 대한
모든 질문은 금지되어 있었기 때문에.
옷장의 문을 열어젖혔을 때
그 속에서 튀어나온 것은,
수없는 물음표들이었다.

단
추

차를 끓이는 일. 떨어진 단추를 다는 일. 상처가 조금씩 아무는 것을 지켜보는 일. 내 삶의 기쁨은 그런 사소한 것들이었고, 당신은 욕심 없는 나를 좋아했다. 그 시절의 나를 돌이킬 때면 아직도 내 심장은 저절로 반응을 한다. 쿵 쿵 쿵 쿵, 규칙적으로 뛰던 박동이 돌부리에 걸린 듯 쿠궁, 쿵, 쿠쿠쿠궁, 쿠쿵 하는 식으로 울리는 것이다. 그 시절에 당신이 있었기 때문이리라. 그 시절의 내가 당신을 내내 품고 살았기 때문이리라.

당신이 자랑스러워하고 또 사랑스러워했던 그때의 나는, 그래, 욕심이 없었다. 지나칠 정도로 없었다. 내가 욕심을 갖지 않았던 것은 욕심에 자신을 내어주지 않았기 때문이다. 상대가 주지 않는 것은 구하지 말라고 세상이 내게 가르쳤기 때문이다.

"행복은 그렇게 멀리 있는 게 아니란다."

커다란 바구니 가득 담긴 뜨개질감을 어루만지며, 할머니는 그렇게 말씀하셨다.

"무슨 말인지 알겠니? 멀리 있는 것은 행복이 아니라는 말이란다. 그건 그냥 행복의 얼굴을 한 쓸쓸함 같은 거야. 잡지도 못할뿐더러, 설사 잡았다고 해도 스르르 빠져나가버리지. 우리의 손은 그런 걸 잡을 수 있을 만큼 튼튼하지도 못하고, 정교하지도 않거든. 그러니 얘야, 가장 가까운 곳에 있는 단순한 것들을 잡으렴. 기꺼이 네 발치에 무릎을 꿇는 것들, 네 소유가 되고 싶어하는 것들, 너의 사랑을 구하는 것들 말이다."

긴 대바늘을 천천히 움직여 커다란 숄을 한 올 한 올 떠가는 할머니의 주름진 손이 조금 쓸쓸하다고 생각했지만, 나는 그 말을 믿었다. 나는 어렸고, 세상은 너무나 컸고, 그래서 멀리 있는 것들은 상상할 수 없었으니까.

할머니의 말씀대로, 나는 가까이 있는 것들을 구하고, 보살피고, 사랑하며 살았다. 그들은 사소하고 흔한 것들이었으므로, 어쩌다 잃어버리는 일이 있어도 상처 같은 건 받지 않았다. 나의 세계는 말할 수 없이 작고 가벼웠으므로, 기쁨을 위해 크고 무거운 것들은 필요하지 않았다. 행복이라고 말할 수도 있었다. 다른 행복은 몰랐기에, 비교할 만한 것은 없었기에, 그것으로 족한 삶이었다. 나는 차를 끓이고, 떨어진 단추를 달고, 어쩌다 상처를 입으면 그것이 아물기를 기다리며 흡족한 미소를 지었다. 그런 세계에, 당신이 들어섰다. 길을 잘못 든 아이처럼 당황한 채, 어색한 미소를 지으며, 어딘지 익숙한 목소리로, 내게 말을 건넸다.

나의 작고 가벼운 세계는, 이를테면 속이 빤히 들여다보이는 좁고 얕은 우물 같은 세계는, 아무런 저항도 못하고 당신에게 바쳐졌다. 당신이 내게 미소를 보낼 때마다 우물 속의 물이 휘청거렸다. 당신이 내게 안녕이라고 말할 때마다 우물 속의 물이 조금씩 말라갔다. 그리고 그 짧았던 한철이 지난 후 당신이 떠났을 때, 나는 바싹 말라붙은, 어두운 우물 밑바닥에 내동댕이쳐졌다.

눈물은 나지 않았다. 다만 아무것도 믿을 수가 없었다. 당신의 미소를, 당신의 목소리를, 당신의 안녕을 믿을 수 없었고 우물 밖에 고요히 떠오른 달과 별도 믿을 수 없었다. 모든 세계가 하나의 상징, 과거, 추상화로 변해갔다. 기다리는 일조차 내게 허용되지 않았다는 것을 깨달았을 때, 나는 아무것도 하지 않겠다고 결심했다. 욕심 없는 나는, 사랑도 이별도 삶도 죽음도 여의치 않은 나는, 우물 밑바닥에 주저앉아 아무것도 아닌 자가 되겠다고 작정했다. 그래, 나의 작고 가벼운 세계는, 당신에게 바쳐진 세계는, 그냥 당신이 가지고 가라. 그리고 나는 가만히 무(無)가 되었다.

의외로 모든 것은 서둘러 사라졌다. 내게 있어 당신은 애초에 존재하지 않았던 사람이었으므로 당신이 데려간 세계도 곧 존재하지 않게 되었다. 나는 다시 차를 끓이고, 떨어진 단추를 달았다. 상처가 아무는 것을 지켜보는 일은 상처를 상기시키는 일이었기에, 그것만은 조금 유보하기로 했다. 내게 필요한 것은 단지 떨어진 단추뿐이었다. 단추를 달 때면, 이 헝클어진 세계가 조금쯤 수선되고 있다는 느낌이 들어, 마음이 낮아지기 때문이다. 나의 낮은 세계에 꼭 어울릴 정도로. 더 이상 떨어진 단추를 찾을 수 없었던 그날, 나는 그 오래된 옷장을 열었다. 어느 환한 가을날, 주전자 가득 차를 끓여놓고. 사랑스러운 단추를 달며 바스락거리는 기쁨에 젖기 위해.

　　당신이 떠난 이유에 대해 누구에게도 물어보지 않았다. 나 자신에게조차 묻지 않았다. 멀고 아득한 당신은 처음부터 끝까지 거대한 물음표였고, 당신에 대한 모든 질문은 금지되어 있었기 때문에. 옷장의 문을 열어젖혔을 때 그 속에서 튀어나온 것은, 수없는 물음표들이었다. 내 온몸의 세포들이 당신의 부름에 화답하며 즐거이 떨리던 그 시간들이, 당신 앞에 서 있던 나를 부드럽게 감싸고 있던 푸른 드레스 안에 그대로 고여 있을 줄은 몰랐다. 그렇게 짧고 사소했던 순간들. 눈빛. 미소. 손짓. 바람을 머금은 호흡. 심장이 뛰던 소리. 아주 잠깐 내가 이해할 수 있었던 다정한 세계. 그리고 고스란히 그 자리에 매달려 있는 일곱 개의 단추들.

　　나는 당신이 하지 않은 말, 하지 않은 행동, 하지 않은 약속에서 비밀의 흔적을 찾기 위해 미친 듯이 그 시간들을 뒤졌다. 그때 내가 알지 못했던 하나의 사실이 거기 있어야 했다. 하나의 단추처럼 조그맣고 단순한 모습으로…… 하지만.

당신은 비밀 하나 남겨놓지 않았다. 모든 흔적을 지우고, 떠났다. 나는 처음부터 무(無)였고, 나중에도 무(無)였다. 달라진 것이 있다면, 단지 이제는 당신이 없는 무(無)라는 것. 그 흔한 비밀 하나조차 가지지 못한.

「옷장을 뒤지는 여자」

펠릭스 발로통(Félix Vallotton, 1865~1925) — 스위스에서 태어나 열일곱 살이 되던 해 프랑스로 유학을 간 이후, 생의 대부분을 프랑스에서 보냈다. 아카데미 쥘리앙을 다니면서 그의 명성을 공고하게 만들어준 목판화를 시작했고, 나비파의 일원으로 활동하게 되었다. '나비(Nabis)'는 히브리어로 '예언자'라는 의미이며, '나비파'는 고갱에게 영향을 받은 폴 세뤼지에가 인상파에 싫증이 난 파리의 화가들을 모아 만든 집단이다. 자연에서 받은 인상을 화폭에 옮기는 인상파에 비해, 나비파는 내면에서 이끌어낸 이미지를 그림으로 옮겼다. 펠릭스 발로통은 이 집단과의 교류를 통해, 보이는 세계가 아닌 이면의 세계를 탐구했다. 삽화와 초상화는 물론이고 희곡, 소설을 출판했던 그의 이력은 그의 그림이 하나의 이미지보다 이야기로 다가오는 이유를 설명해준다.

마음만 먹으면 누구에게든
자신이 원하는 걸 얻어낼 수 있는 게
내 동생이야. 누구의 우산 속으로도
뛰어들 수 있는 아이라고.
그리고 우산을 내어준 사람은,
그 아이를 원망하는 게 아니라
기뻐해버리고 말아. 자신이 그 아이를 위해
뭔가 할 수 있다는 사실을 말이야.
억울하지만, 세상에는 그런 사람이 있어.

피프스애비뉴에 비가 내리던 날

너도 알지? 내 동생이 어떤 앤지.

한숨을 쉬며 그녀가 말했다. 약혼을 한 직후 한 달 동안이나 행방이 묘연했던 그녀의 초췌한 모습을 바라보며, 친구는 묵묵히 고개를 끄덕였다.

어릴 때부터 그런 식이었어. 아무것도 할 줄 모르고, 아무것도 하지 않으려고 했지. 원하는 게 있으면 그걸 줄 수 있는 상대를 찾아내고, 그걸 얻어낼 때까지 조르는 것 외에는 하는 게 없었던 아이야. 참 이상하지? 그런데도 사람들은 늘 그 아이에게 친절했어. 자신이 뭘 빼앗기는지도 모르고 그 아이가 내민 손에 뭐든 쥐여주는 거야. 그 아이는 심지어 고맙다는 말을 할 필요도 없었어. 그저 미소만 한 번 지어주는 것으로 다들 만족하니까. 너도 봤지? 솔직히 그 아이처럼 예쁘게 미소를 짓는 사람이 드물긴 해. 하지만 고작 그런 걸로 뭐든 할 수 있다니, 세상이 너무 불공평하잖아? 그런 아이를 동생으로 둔다는 게 어떤 건지 짐작할 수 있어?

그날도 그랬어. 아침부터 줄곧 비가 내렸지. 하늘은 낮고 어두웠지만 그런 걸로 내 기분을 망칠 수는 없었어. 나는 그날 이 세상에서 제일 행복한 여자였으니까 말이야. 그래, 바로 약혼식 다음 날이었어. 너도 알지? 내가 그 사람을 어떻게 만나서 어떻게 사랑하게 되었는지. 기억나지도 않는 어린 시절부터 그 사람은 늘 나와 함께 있었어. 바로 옆집에 살았으니까 말이야. 그 사람은 친구였고 오빠였고 언제나 바쁜 우리 부모님을 대신해준 사람이었어. 친절하고 다정하고 무엇보다 나를 가장 잘 이해해주는 사람. 믿을 수 없겠지만 우린 지금까지 단 한 번도 싸운 적이 없었어. 그 사람 말고 다른 사람과 인생을 같이한다는 것은, 상상할 수도 없었지. 내가 그 사람에게 여동생이나 친구 이상의 존재가 될 수 없다면 어쩌나, 혼자서 얼마나 마음을 졸였는지 몰라. 그러니 그 사람이 내게 청혼을 했을 때 내가 얼마나 기뻤겠어? 세상을 다 가졌어도 그보다 기쁘진 않았을 거야.

그래, 그러니까 그날은 내 생애에서 가장 아름다운 날이었어. 내 약혼자는 정오에 나를 데리러 오기로 했지. 우리는 근사한 레스토랑에서 점심을 먹고, 결혼반지를 맞추러 갈 작정이었어. 그런데 그날 아침 비가 세차게 내리기 시작했고 난 좀 걱정이 되었지. 그 사람이 혹시 오지 않으면 어쩌나, 그런 걱정은 아니었어. 틀림없이 올 사람이었으니까. 하지만 뭔가 묘한 예감이 있었어. 뭔가 어긋날 것 같은, 뭔가 잘못될 것 같은. 눈부신 햇살 속에 서 있는 사람은 조그마한 그림자의 기운에도 무서워하는 법이잖아. 행복이 지상에서 가장 높은 곳에 나를 올려놓았으니, 언제 떨어져도 이상할 게 없다는 그런 기분.

그 사람이 노란 데이지 꽃다발을 들고 데리러 왔을 때, 나는 준비를 다 마치고 기다리고 있었어. 비가 좀 많이 오는데, 괜찮겠어? 그가 물었지. 그 사람은 자기 우산을 나한테 씌워주려고 했지만 나는 괜찮다고 했어. 우산 하나를 같이 쓰면 아무래도 그 사람이 젖을 테니까 말이야. 집을 막 나서려고 할 때 동생이 나타났어. 언니, 내 우산 못 봤어? 내가 제일 아끼는 거, 분홍색에 리본 장식이 있는 거 말이야. 아무리 찾아도 없네. 난 그 우산이 아니면 싫은데. 그런데 둘이 어디 가는 거야? 내가 미처 뭐라고 대답하기도 전에, 동생은 나의 약혼자 쪽으로 한 걸음 다가갔어. 혹시 시내 쪽으로 가는 거면, 우산 좀 씌워줄래요? 내 우산을 아무래도 잃어버린 것 같아서, 새로 하나 사야겠어요. 시내 우산가게에서 마음에 꼭 드는 걸 본 적이 있거든요. 언니, 내가 언니 약혼자와 우산을 잠깐 같이 써도 괜찮겠지? 언니랑 같이 쓰면 우리 둘 다 젖어버릴 테니까 말이야.

그래서 두 사람은 우산을 같이 쓰게 됐어. 나는 그들보다 몇 걸음 앞에서 걸어갔지. 그들의 모습을, 좁은 우산 안에서 어쩔 수 없이 스치게 될 내 약혼자의 팔과 그 아이의 손을 보고 싶지 않았거든. 마치 노래라도 부르는 듯한 동생의 목소리가 뒤에서 계속 들려왔지. 그 아이의 재잘거리는 소리, 내 약혼자의 낮은 웃음소리, 우산 위로 떨어지는 빗소리가 마구 뒤섞이고, 나도 모르게 걸음이 빨라지고 있었어. 아무것도 아닌 일이야. 나는 나 자신을 타일렀지. 하지만 그 순간, 내 안에서 뭔가가 변해버리고 말았어. 나는 종종걸음으로 우산가게를 지나쳐, 그대로 집으로 돌아와, 짐을 꾸리기 시작했어.

너도 알지? 우리 언니가 어떤 사람인지.

한숨을 쉬며 그녀가 말했다. 하지만 그녀의 입가에는 미소가 매달려 있었다. 그녀의 친구는 고개를 끄덕이고, 모락모락 김이 오르는 차 한 잔을 그녀에게 따라주었다. 그녀의 미소를 보면, 무엇이든 주고 싶어지는 법이니까.

우리 언니지만, 참 불편한 사람이야. 어릴 때부터 그랬어. 지나치게 엄격하고 지나치게 보수적이야. 내가 알기로 우리 언니는 반항 한 번 해본 적이 없어. 그야말로 얌전하고 말 잘 듣는 모범생이지. 그런 인생은 얼마나 따분할까. 약혼만 해도 그래. 어릴 때부터 내내 붙어 다니던 옆집 오빠랑 결혼이라니, 정말 재미없고 심심하지 않아? 물론 우리 엄마, 아빠는 그런 언니를 늘 대견해했지. 내가 언니의 반만 닮았으면 좋겠다고 입버릇처럼 얘기하셨으니까. 하지만 진짜 그런 걸 바란 건 아닐 거야. 솔직히 언니보다 내가 더 귀여움을 받고 있는걸. 너도 알지? 우리 엄마, 아빠가 나라면 깜박 넘어가시는 거.

언니 입장에서는 불공평하다는 생각도 들 거야. 그런데 그게 뭐 내 탓인가. 언니가 애초에 애교 없고 귀염성 없는 성격인 걸 어쩌겠어. 여하튼 그런 언니가, 약혼한 다음 날 편지 한 장 남겨두고 훌쩍 떠나버린 건 진짜 대단한 사건이었어. 다들 걱정했지만 난 막 신났다니까. 이제야 언니가 뭐 좀 제대로 된 인생을 살기로 작정했구나, 싶었어.

문제는 언니가 왜 하필이면 그날 갑자기 떠나버렸냐 하는 거였지. 다들 나한테 이유를 알고 있느냐고 물었기 때문에, 나도 여러모로 생각을 해봤어. 너 알지? 내가 생각하는 걸 얼마나 싫어하는지. 하지만 언니니까, 동생으로서 그 정도는 해야 했어. 그런데 아무리 생각해도 알 수가 없었어. 떠나기 전날까지 언니는 진짜 괜찮았거든. 그날은 비가 많이 왔어. 언니는 약혼자와 시내에 나가기로 되어 있었지. 나는 그냥 새 우산을 사고 싶어서 따라간 것뿐이야. 언니의 약혼자가 우산을 씌워주었는데, 그거 알아? 그 사람, 생각보다 재미있더라고. 언니랑 같이 있을 때는 친절하긴 했지만 좀 심심한 스타일이었는데, 같이 걸어가면서 이야기를 나눠보니까 재치도 있고 유머도 있는 거야. 의외로 귀여운 데도 있고. 내가 자기를 빤히 보기라도 하면 금세 얼굴이 붉어지지 뭐야. 사실 언니만 아니었다면 한두 번 데이트를 해줘도 괜찮겠더라고. 내가 새 우산을 사고 싶다고 하자, 그는 무슨 말을 하려다 입을 다물었지. 아마 자기가 사주고 싶었을 거야. 하지만 언니 눈치를 안 볼 수가 없잖아? 결국 언니 때문에 우산 하나 잃었지 뭐야.

여하튼 언니는 한 달 후에 돌아왔어. 그사이에 언니의 약혼자는 반쯤 정신이 나간 것 같았지. 언니가 돌아왔을 때 제일 처음 언니를 발견한 것도 그 사람이었어. 언니의 가방을 받아들고 좀 슬픈 눈으로 언니를 바라봤는데, 언니는 눈길을 돌리더라. 내 방 창문 너머로 보고 있었거든.

뭐 재미는 없었어. 키스도 포옹도, 말다툼조차 없었으니까. 언니는 조용히 몸을 돌려 집으로 들어왔고, 그 뒤로 문이 닫혔지. 아아, 그때 그 사람 표정을 너도 봤어야 하는데. 어찌나 안되어 보이던지, 달려가서 안아주고 싶더라니까. 공식적으로 발표는 안 했지만, 누구도 그 약혼이 아직까지 유효하다고 믿진 않아. 결혼식장도 잡지 않았고, 반지도 맞추지 않았는걸. 언니는 계속 입을 다물고 있고, 그 사람도 별다른 이야기가 없어. 좀 실망스럽긴 하지. 뭔가 재미있는 일이 벌어질 거라고 잔뜩 기대하고 있었는데 말이야. 우리 언니는 도대체 어쩔 생각일까?

글쎄, 잘 설명할 수는 없어.

사려 깊은 친구의 눈길을 외면하며, 그녀가 말했다.

그 사람을 더 이상 사랑하지 않게 된 것도 아니고, 그가 딱히 내 동생하고 그런 사이가 된 것도 아니니까. 여행을 떠날 때는 막연히 그런 생각이 있었어. 만약 내가 돌아왔을 때, 그 사람과 내 동생 사이에 어떤 로맨스 같은 게 생겼다면, 그냥 포기하겠다고. 그런 일들은 억지로 막아지는 게 아니니까, 불씨를 남겨둔 채 결혼하고 싶진 않았어. 결혼 후에 그런 일이 생기면 더 비참해질 테니까. 하지만 그런 눈치는 없었어. 그 사람은 나를 기다리고 있었고, 동생은, 너도 알다시피, 여전히 그대로야. 필요에 따라 상대를 바꾸어가며 저 하고 싶은 대로 하며 살고 있지.

그런데 말이야, 그렇다면 아무 문제 없이 결혼할 수 있어야 할 텐데, 그게 안 돼. 뭐랄까, 잠깐이지만, 동생이 그 사람한테 흥미를 가졌던 건 사실이거든. 난 그 이유를 알아. 언니의 남자를 자기가 가질 수 있는지 궁금했을 거야. 그런데 내가 그 사람을 놓고 떠나자 흥미가 없어진 거지. 그렇다면 내가 그 사람과 결혼한 이후에 어떤 일이 벌어질지 누가 알겠어? 동생이 어떤 마음을 먹든, 그 사람 마음만 확고하면 되는 거 아니냐고, 그렇게도 생각해봤어. 하지만 너도 알잖아. 내 동생이 어떤 아인지. 마음만 먹으면 누구에게든 자신이 원하는 걸 얻어낼 수 있는 게 내 동생이야. 누구의 우산 속으로도 뛰어들 수 있는 아이라고. 그리고 우산을 내어준 사람은, 그 아이를 원망하는 게 아니라 기뻐해버리고 말아. 자신이 그 아이를 위해 뭔가 할 수 있다는 사실을 말이야. 억울하지만, 세상에는 그런 사람이 있어. 아무것도 하지 않고, 아무것도 할 줄 모르지만, 무엇이든 다 가질 수 있는 사람.

하지만 나는 도대체 어떻게 해야 하지?

「비 오는 날의 피프스애비뉴」

프레더릭 차일드 해섬(Frederick Childe Hassam, 1859~1935) ─ 미국 보스턴에서 태어났다.
어릴 때 미술교육을 받았으나 집안 형편이 어려워지자, 출판사에 취직하여 회계 일을 시작했다.
그러나 회계에는 소질이 없었고, 상업용 판화를 제작하는 일에 재능을 드러냈다. 스무 살에
처음 유화를 시작했고, 동화책 삽화가로 자리를 잡은 이후, 본격적으로 그림 공부를 하기 위해
이탈리아, 스위스, 스페인 등을 여행했다. 터너의 수채화에 감동을 받은 해섬은 귀국 후
두 번의 수채화 전시회를 열었다. 결혼 후 파리로 건너가 아카데미 쥘리앙에서 잠시 수업을
받았으나 '이곳은 개성을 파괴한다'는 이유로 독학을 결심하고, 혼자 작업을 했다. 미국에
인상파를 자리 잡게 한 화가로 평가받는 해섬은 75세로 세상을 떠나기 전까지 3,000점이 넘는
작품을 남겼다.

하나의 삶을 마친 이들이
검은 베일을 뒤집어쓰고 물러나 앉자,
서늘한 자태의 한 여자가 홀로 나와
춤을 추기 시작했다. 자세히 보니
둘이었다. 파도라고 생각했던 것은
바람에 날리는 스커트 자락이었고
음악이라 여겼던 것은 밀려가는 달빛의
울음소리었다. 한 여자가, 자신과 함께,
춤을 추고 있었다.

마지막 춤을 나와 함께

멀지도 길지도 않은 여행이었다. 파도가 쓸고 간 모래사장처럼 아무런 자국도 남기지 않은 무해한 기억들, 그저 옹기종기 어깨를 맞댄 채 낮고 조용하게 웅얼거리는 것이 전부인 기억들, 그래서 몹시 그윽한 기억들. 그런데도 돌아온 나는 조금 앓았다. 이상한 일이었다. 그 모든 공간과 시간 안에서, 나는 그 어느 때보다 당신 가까이 있었다. 내 살갗을 가끔 소스라치게 했던 것은 뜨거운 햇살이 아니었다. 처음에는 그런 줄로만 알았는데.

언젠가 나는 말했다. "언젠가"라고. 내 대답은 당신을 당황하게 만들었다. 그러나 나는 브레이크를 밟을 수가 없어 몇 마디를 더했다. "언젠가, 그러니까 나중에, 아주 오랜 시간이 지난 후에." 당신은 나를 마주 보고 있었지만, 당신의 시선은 내 어깨 너머 어딘가를 향하고 있었다. 마치 그곳에 그 '언젠가'가 있기라도 하다는 듯이. 나는 당신이 당황하는 모습을 보고 싶지 않았다. 그러면서도 기어이 "이를테면 생의 마지막에"라고 못을 박았다.

내가 안간힘으로 사랑을 끝내듯 마침표를 찍었을 때, '마지막에도'라고 해야 할 것을 '마지막에'라고 내뱉었을 때, 당신의 얼굴 위로 처연하고 슬픈 미소가 지나갔다. 벌을 받고 있는 듯 멍하니 테이블 위에 놓인 내 손 위에, 당신의 손이 겹쳐졌다. 당신은 여전히 저 멀리 어딘가에 있을 '언젠가'를 응시하고 있었다. 당신이 슬픈 얼굴을 하고 있는 것이 싫어서, 나는 그림자 없는 환한 웃음을 지었다.

남은 날들이 별로 없었으므로, 마음에 휘몰아치는 강풍이라거나 불쑥 떠오르는 붉은 달 같은 것을 좀 더 가까이 끌어안을 수 있는 시간이었다. 기꺼운 마음으로, 나는 마음을 묶어둔 몇 개의 매듭을 풀고 이별을 시작했다.

당신을 처음 만났을 때부터 나에게는 그런 믿음이 있었다. 확신이라고 해도 좋을 것이다. 내가 당신을 오래도록 기다려야 한다는 것, 우리 사이에는 시간의 긴 강이 흘러야만 한다는 것, 한 사람이 다른 사람의 모든 얼굴을 볼 수 있을 때까지 나이를 먹어야만 한다는 것이었다. 내가 당신에게, 당신이 나에게 모든 얼굴을 보여줄 수 있을 때까지, 견뎌야 한다는 것이었다.

당신은 지속을 원했고, 나는 단절을 원했다. 당신은 모든 것이 영원한 미완성으로 남기를 원했고, 나는 완전하고 완벽한 완성을 원했다. 당신은 타오르는 여름 안에 우리의 거처를 마련하고자 했고, 나는 겨울이 곧 다가오는 서늘한 가을 속에서 안식처를 꿈꾸었다.

친절한 세월이 우리를 멀리까지 데려왔으나, 그래도 나에게는 아직 먼 길이 남아 있다고 믿었다. 어쩌면 지금까지 온 것보다 더욱더 먼 길. 그리고 기다림에 대해 말하자면, 나로서는 조금도 두렵지 않았다. 마치 당신이 부드러운 멜로디의 애조(哀調)를 두려워하지 않듯이.

우리는 그렇게나 다른 사람들이었다. 나는 햇살 가득한 이쪽 길을 걷고 있었고, 당신은 그늘이 진 저쪽 길을 걷고 있었다. 우리가 서로를 발견한 것은, 그럼에도 불구하고 우리의 목적지가 같았기 때문이었다. 당신과 나는 가끔 걸음을 멈추었지만, 그렇다고 한 사람이 길을 건너 다른 편으로 넘어가겠다는 결심은 선뜻 하지 못했다. 횡단보도의 신호등이 푸른색으로 바뀌는 순간마다 나는 멈칫거렸지만, 그때마다 당신은 갑자기 흐려졌다. 나를 향해 손을 흔들지 않는 사람을, 사랑할 수는 없는 사람이었다, 나는. 그런 식으로 매번 신호가 바뀔 때마다, 깊어졌나, 사랑은?

해변에 누워 나는 하늘을 바라보았다. 바다 너머로 불쑥 붉은 해가 떠올랐다. 아니, 알고 보니 그건 달이었다. 달은 붉은색에서 노란색으로, 다시 창백한 흰색으로 바뀌었다. 남쪽 끝 섬까지 달이 찾아올 줄은, 밤이 찾아올 줄은, 당신이 찾아올 줄은 몰랐지만, 밀물과 썰물에 의해 내 기분이 변화할 줄도 몰랐으니, 온 세상이 변덕을 부린다고 해서 불평할 일은 아니었다.

어둠 속에서 한 척의 배가 조용히 해안으로 들어와 사람들을 내려놓았다. 음악이 흐르고 폭죽이 터지고 웃음소리가 하얀 모래사장을 뒤덮었다. 나는 숨을 죽이고 나의 자취를 감춘 채 그들을 지켜보았다. 하나의 삶을 마친 이들이 검은 베일을 뒤집어쓰고 물러나 앉자, 서늘한 자태의 한 여자가 홀로 나와 춤을 추기 시작했다. 자세히 보니 둘이었다. 파도라고 생각했던 것은 바람에 날리는 스커트 자락이었고 음악이라 여겼던 것은 밀려가는 달빛의 울음소리였다.

한 여자가, 자신과 함께, 춤을 추고 있었다.

"그렇게 많은 시간이 흐르고 나서도 여전히 당신을 잡을 수 없다면 어떻게 하지." 당신은 물었다. "우리가 마지막 춤을 함께 출 수 없다면 말이야."

나는 아직 풀지 못한 마음의 매듭을 만지작거리면서 대답했다.

"그게 누구이든, 그게 무엇이든, 설사 당신 혼자라 해도, 당신은 나와 함께 춤을 추게 될 거야. 내가 당신을 사랑하는 나 자신과 춤을 추는 것처럼. 그러니 마지막 춤은 나와 함께, 그 약속은 절대로 깨어지지 않을 거야."

「여름밤」

윈슬로 호머(Winslow Homer, 1836~1910) — 미국의
위대한 화가 중 한 명으로 손꼽히는 호머는
단순하면서도 강렬한 느낌을 주는 그림들로
잘 알려져 있다. 뉴잉글랜드의 유서 깊은 가문에서
태어난 그는 정식으로 그림을 배우는 대신
독학했고, 어머니의 도움을 받아 19세 때 잡지
『하퍼스위클리』에 삽화를 그리면서 화가의 길을
걷기 시작했다. 그는 미국 남북전쟁을 기록하기
위해 최전선 버지니아에 머무르며 그림을 그리기도
했는데, 전투 장면보다는 일상적인 야영 생활
장면들을 더 많이 다뤘다. 전쟁이 끝난 후 프랑스로
건너가 빛을 연구하며 단순하고 직설적인 표현을
즐겨 썼다. 바다를 주제로 한 작품이 유난히 많아
'해양화가'라고 불리기도 한다.

해변에서 두 여인이 춤을 추는 장면을 그린
「여름밤」은 에너지가 넘치면서도 그로테스크한
분위기를 품고 있다. 높이 솟구치는 파도와 두
여인에게 핀라이트처럼 떨어지는 달빛, 그들을
지켜보고 있는 검은 형체(인간이 아니라 바다에서
빠져나온 생명체 혹은 그림자처럼 보인다)로 인해
그 느낌은 고조된다. 그리하여 결국, 등을 보이고
있는 여자는 앞모습을 보이고 있는 여자의 또 다른
자아일지도 모른다는 생각을 하게 되는 것이다.

한 무리의 우산이 꽃더미처럼 피어나
대부분의 하늘을 가렸을 때,
그녀는 생기 있고 발랄한 리듬을
뿜어내며 시장을 향해 가고 있었다.
팔에 매달린 빈 바구니에 감자와 양파,
상추와 토마토, 딸기와 아스파라거스를
가득 채울 작정이었다. 그러고도
뭔가를 더 담을 수 있다면,
수선화와 데이지를 한 다발씩 사겠다는
마음도 품어두었다.

우
산
도

없
이

비가 올 줄은 몰랐다. 그렇다고 하늘을 살핀 것은 아니다. 아침에 일어나 하늘을 올려다보며 비가 내릴까 안 내릴까, 우산을 들고 나가야 할까 말까 같은 생각을, 그녀는 해본 적이 없다. 그러니까 비가 올 줄 몰랐다기보다, 비를 전혀 염두에 두지 않았다는 것이 정확하다.

'한 시간 후의 미래도 나에게는 벅차.'

그녀는 생각했다. 인생을 정확하게 배분하여 세밀한 계획을 짜고 매사에 치밀하게 대응하는 건, 그녀의 스타일이 아니었다. 그녀의 연인은 항상 준비성 없는 그녀 때문에 속을 앓았다.

그는 걱정이 많은 사람이었다. 그리고 단 한 번이라도 걱정을 품어본 사람이라면 잘 알겠지만, 인생에서 결코 사라지지 않는 것, 혹시 떨어지지 않을까 염려하지 않아도 되는 유일한 것이 걱정이다. 당장 코앞의 걱정거리가 없으면 십 미터, 백 미터, 천 미터 거리에 있는 걱정거리를 수소문하여 품는 것이 걱정 많은 사람들이 즐겨 하는 일인데, 굳이 천 미터까지 가지 않아도 사방에 널려 있는 것이 또 걱정거리이므로, 걱정에 대한 걱정만은 하지 않아도 된다는 것이, 걱정 많은 사람들의 유일한 기쁨일지도 모르겠다.

아무튼 그녀의 연인이었던 걱정 많은 남자는 그녀와 사랑에 빠진 순간부터, 자신이 품고 있는 걱정이 두 배 내지는 세 배, 혹은 그 이상으로 거대해졌다는 것을 깨달았다. 그가 감내해야 했던 걱정들 중에서 우산에 관한 것은, 사실 거론할 가치도 없는 사소한 것이었다. 이를테면 어느 날 길을 걷던 그녀가 잠시 한눈을 팔다가, 마침 지나가는 유모차와 부딪혀 균형을 잃고 넘어지는 바람에 팔이나 다리가 부러졌는데, 적절한 치료를 받지 못해 다친 부위에 심각한 염증이 생기고, 절개수술을 하다과다출혈을 일으키거나 감염이 되어, 끝내 목숨을 잃게 되면 어쩌나, 같은 걱정에 비한다면 말이다. 그렇게 운이 나쁜 일이 연달아 일어날 가능성은 터무니없이 낮지 않겠느냐고 그녀가 이의를 제기하면, 그 일이 일어난 당사자에게 그런 확률 따위는 가당치도 않은 거라고 그는 대답하곤 했다. 그러다 문득, 하다못해 우산이라도 챙겨 들고 다니라고 애원하는 것이었다.

하지만 그의 걱정을 덜어주기 위해 아침마다 날씨를 살피고 우산을 챙길 마음이, 그녀에게는 전혀 없었다. 비가 올까 안 올까, 고민하는 대신 그녀는 화분에 물을 주고 꽃이 언제쯤 피어날까, 생각했다. 우산을 가져갈까 말까, 망설이는 대신 그녀는 책장 앞에서 오늘 들고 나갈 책을 골랐다. 비가 와서 책이 흠뻑 젖으면 어떻게 할 거냐고 그는 물었지만, 그래도 어쩔 수 없다고 그녀는 생각했다. 중요한 것은 비가 오느냐 마느냐, 우산을 들고 나가느냐 마느냐가 아니었다. 비가 오면 그녀는 비를 맞을 준비가 되어 있었고, 그는 우산을 펼쳐 비를 피해야 하는 거라고 믿었다.

그리고 더 중요한 문제가 있었다. 사람의 사정 같은 것과는 별개로, 살다 보면 비가 내리는 날도 있었고, 내리지 않는 날도 있다는 것이다. 누군가가 우산을 갖고 있거나 말거나, 그로 인해 연인들의 운명이 변하거나 말거나, 비는 신경 쓰지 않는다.

한 무리의 우산이 꽃더미처럼 피어나 대부분의 하늘을 가렸을 때, 그녀는 생기 있고 발랄한 리듬을 뿜어내며 시장을 향해 가고 있었다. 팔에 매달린 빈 바구니에 감자와 양파, 상추와 토마토, 딸기와 아스파라거스를 가득 채울 작정이었다. 그리고도 뭔가를 더 담을 수 있다면, 수선화와 데이지를 한 다발씩 사겠다는 마음도 품어두었다.

그날은 아침부터 흐렸다. 사람들의 팔에 우산이 하나씩 매달려 있는 것을 보았지만, 그녀는 개의치 않고 집을 나섰다. 얼마 후에 비가 쏟아지기 시작했지만, 당연하게도, 그녀는 역시 개의치 않았다. 걱정 많은 그녀의 연인은 걱정을 가득 안고 무정한 비를 바라보다가, 매주 수요일 오후면 그녀가 바구니를 들고 시장을 보러 간다는 것을 기억해냈다. 그는 그녀가 내리는 비를 다 맞고 있을 거라고 확신했다. 우산을 들고 시장으로 달려가면서, 그는 폐렴에 걸려 죽어가는 그녀를 상상했다.

점점 무거워지는 빗소리 속에서, 그녀는 얼핏 연인의 목소리를 들었다. 그는 난폭하게 다른 이들의 우산을 밀쳐내며, 그녀를 향해 달려오고 있었다. 하지만 그녀는 걸음을 늦추지 않았다. 오히려 걸음을 재촉하여 그에게서 멀어지고 싶다는, 너무나 갑작스러운 충동이 그녀를 사로잡았다. 그녀에게는 중요하지 않은 것이 그에게는 지나치게 중요하다는 사실을 깨닫는 순간, 그 사실을 단 한순간도 참을 수 없다는 또 다른 깨달음이 그녀를 덮쳐왔다.

'지금 막, 나는 연인을 잃었어.'

그녀는 생각했다. 그 생각에 대답이라도 하듯, 빗방울들이 그녀의 얼굴에 부딪혀, 뺨을 타고 흘러내렸다.

'그리고 일생 동안 이렇게 살아가겠지.'

그녀는 고개를 들고, 비의 맨얼굴을 응시하며, 더욱 빠른 속도로 걸음을 옮겼다. 마음 밑바닥에 가라앉아 있던 사랑이라거나 연민, 후회라거나 서글픔 같은 것이 말갛게 씻겨갈 때까지. 우산도 없이.

「우산」

피에르-오귀스트 르누아르(Pierre-Auguste Renoir, 1841~1919) — 프랑스 리모주에서 태어나
네 살 때 파리로 이주했다. 가정 형편이 어려워 열세 살 때 도자기 공장에 들어가 도자기에
그림 그리는 일을 시작했는데, 다양한 색깔을 다루었던 이때의 경험이 영향을 미쳐 훗날 그는
'색채 화가'로 성장하게 되었다. 그는 이 시기부터 공장의 점심시간을 이용하여 루브르 박물관을
들락거리며 화가의 꿈을 키웠다. 피사로, 세잔, 기요맹 등과 함께 인상파의 물결을 주도했으며,
이탈리아 여행 중 라파엘로, 폼페이의 벽화 등에 감명을 받고 화풍의 전기를 맞이한다.
부드러우면서도 관능적인 색채로 꽃, 여성, 어린이 등을 그렸으며 특히 섬세하고 미묘한 누드화로
사람들의 마음을 움직였다. 만년에는 류머티즘성 관절염에 시달렸지만, 손가락에 연필을 매고
생의 마지막 순간까지 그림을 그렸다고 한다.

그리고 어느 날, 세상의 모든 것이 그러하듯,
눈물이 그쳤다. 부드럽고 우아하고 도도한
미소가 떠오른 것도 그때였다.
그 미소를 잊지 않도록
그녀는 매일 연습을 했다.
자신의 숨이 끊어져도, 자신의 얼굴은
그 미소를 기억할 수 있도록.

미안하지만, 주인공은 나야

그녀는 노란 장미처럼 부드럽고 우아하고 도도한 미소를 살짝 머금었다. 유심히 보지 않으면 무표정에 가까운, 지극히 절제되어 있는 동시에 지극히 자연스러운 미소였다. 그 미소를 연습하느라 또 몸에 배게 하느라 얼마나 많은 시간을 거울 앞에서 보냈던가. 그때, 그녀에게, 그보다 어려운 일은 달리 없었다.

'십 년 전? 아니 그보다 더 오래전일까?'

그녀는 농염한 향을 품고 있는 보르도산 레드 와인 한 모금을 머금고 생각에 잠겼다. 날짜를 세지 않게 된 건 그 남자와 헤어지고 나서 삼 년쯤 지난 후부터였다. 삼 년이 더 지나자 햇수가 가물거리기 시작했다. 또 삼 년이 흐르고 나니 죽을 때까지 잊을 수 없을 것 같았던 남자와의 첫 만남, 첫 키스, 그리고 이별의 풍경이 시들었다. 그러나 남자와 헤어진 후, 며칠 밤을 까마득하게 보내고 나서 들여다본 거울 속의 자신의 모습만은, 날이 갈수록 생생하게 각인되었다.

그때 그녀가 본 것은, 표정도 없고 생기도 없는, 형체조차 알아보기 힘든 하나의 어두컴컴한 무생물 같은 것이었다. 그날 밤, 그녀는 몹시 난폭하고 잔인한 꿈을 꾸었다. 우연한 곳에서 예기치 않게 남자를 다시 만났는데, 남자가 자신을 밟고 지나가는 꿈이었다. 비명을 질렀으나 목소리는 나오지 않았다. 남자가 점점 멀어질수록 그녀를 둘러싼 풍경이 구겨지고 일그러지고 하나씩 무너졌다. 그녀는 세상과 함께 완전히 무(無)가 되었다.

꿈에서 깨어났을 때, 그녀는 둘 중 하나를 선택해야 했다. 이대로 정말 무(無)가 될 것인가, 혹은 다시 유(有)가 되기 위해 싸울 것인가.

그녀는 발아할 만한 무엇이 남아 있는지 살펴보기 위해 자신의 심장을 샅샅이 뒤졌다. 다시 눈을 떠야 할 이유, 소리를 들어야 할 이유, 말을 해야 할 이유, 무언가를 먹고 살아내야 할 이유가 없다면, 차라리 영원한 무(無)가 되기를 소망했다. 사람은 누구나 행복을 꿈꾸는 것이며, 지금보다 행복해지고 싶어 자살을 선택하는 사람도 있다는 어느 책의 구절을 곰곰이 머금어 보았다. 하지만 자신의 숨이 끊어진 후, 누군가 자신을 발견할 수밖에 없다는 데 생각이 미쳤다. 그녀는 머리를 빗기 위해 다시 거울 앞에 섰다.

그녀의 손이 무의식적으로 빗질을 했다. 머리카락에 조금씩 윤기가 돌아오기 시작했고, 얼굴에는 한두 가지의 색채가 떠올랐다. 따뜻한 물수건으로 얼굴을 닦아내자 두 뺨에 서서히 생기가 올라왔다. 그녀는 무심코 손을 뻗어 립스틱을 발랐다.

'누군가 나를 발견한다면, 그때 나의 표정은 이랬으면 좋겠는데.'

그녀는 억지로 입술을 틀어 미소를 지어보았다.

'부드럽고 우아하고 도도한 미소여야 해. 너무 드러나지 않은, 자연스럽고 절제된.'

이상한 일이었지만, 그건 그녀가 처음으로 자신을 위해 한 생각이었다. 그리고 더 이상 미소를 짓기가 불가능할 정도의, 너무 많은 눈물이 그녀의 두 눈에서 흘러나왔다.

울지 말라고 한 사람도 없었고 눈물을 닦아준 사람도 없었으므로, 그녀는 그 눈물을 그냥 내버려두었다. 잠을 잘 때도 밥을 먹을 때도 그녀의 눈에서는 쉴 새 없이 눈물이 나왔다. 그리고 어느 날, 세상의 모든 것이 그러하듯, 눈물이 그쳤다. 부드럽고 우아하고 도도한 미소가 떠오른 것도 그때였다. 그 미소를 잊지 않도록 그녀는 매일 연습을 했다. 자신의 숨이 끊어져도, 자신의 얼굴은 그 미소를 기억할 수 있도록. 그녀가 미소를 완전히 정복했을 때, 그녀의 마음속에서 뭔가가 변했다. 이제 그 남자를 다시 만나도 피하지 않을 수 있을 것 같았다. 만약 어느 곳에선가 우연히 마주친다면, 남자를 향해 이런 미소를 짓고 싶다는 것이 그녀의 새로운 소망이었다. 그 소망을 위해 그녀는 날마다 일어나고, 보고, 듣고, 말하고, 사람들을 만나고, 잠을 잤다.

아무것도 모르는 이들이 그녀의 미소를 경배하기 시작한 것은, 그녀의 계산 밖이었다. 미소는 점점 그녀의 자태에까지 번져나가, 아무것도 모르는 이들을 두근거리게 했다. 사람들은 그녀 주위로 모여들었고, 그녀의 미소를 훔쳐보았으며, 그녀의 시간과 마음을 탐했다. 그녀는 모든 파티에 초대받았다. 에스코트하고 싶다는 남자들은 많았으나, 그녀는 모두 거절했다. 그녀의 부드럽고 도도한 미소 앞에서 남자들은 마지못해 자신들의 욕망을 포기했다.

생각에서 빠져나오려는 듯 살짝 고개를 흔들며 그녀는 우아한 손동작으로 와인 잔을 내려놓았다. 그 순간을 기다리고 있던 누군가가 그녀에게 춤을 청했다. 조금 떨어진 곳에서 그녀를 응시하고 있던 한 남자, 십 년 전인지 그보다 오래전인지도 알 수 없는 기억 속의 남자는, 그녀 쪽으로 한두 걸음 옮기려다 굳은 듯 멈춰 섰다. 스텝을 밟으며 한 바퀴를 돌자, 그녀는 한결 기분이 좋아졌다. 남자들은 그녀의 모습을 바라보며 한숨을 쉬었고, 여자들은 질투에 휩싸여 눈길을 돌렸다. 그 남자는 그녀를 밟고 지나가지도 않았고, 그녀를 둘러싼 세상은 무너지지도 않았다. 오히려 그녀를 중심으로, 밝고 환한 빛들이 퍼져가고 있었다.

'당신은 더 이상 내 삶의 주인공이 아니야. 미안하지만, 주인공은 나야. 이건 나를 위한 세계니까.'

그녀는 잠깐 그렇게 생각했다. 그러고 곧, 남자의 존재를 잊어버렸다.

「크리놀린을 입은 사람들」

바실리 칸딘스키(Wassily Kandinsky, 1866~1944)
— 러시아 모스크바에서 태어났으며 모스크바
대학에서 법학과 경제학을 공부했다. 법학자로
성공한 그는 스물아홉이 되던 해, 모스크바에서
열린 전시회에서 클로드 모네의 그림을 보고 감명을
받아 화가가 되기로 결심했다. 이듬해 독일로 건너가
그림 공부를 시작했으며, 이 시기에 만난 파울
클레는 훗날 바우하우스의 동료가 된다. 1908년
무르나우로 거처를 옮겨 화려한 색채의 풍경화,
러시아 민속화에서 얻은 주제들로 그림을 그리다가
차츰 형태와 색채, 선들에 사로잡힌다. 1911년,
뮌헨에서 아방가르드 모임 '청기사파'를 결성했으며
독일과 모스크바를 오가다 1933년, 나치의 탄압에
의해 프랑스로 망명한 이후 남은 생을 파리에서
보냈다. 사실적인 묘사가 아닌, 색채·선·면 등 순수
조형만으로 작가의 감정을 나타낼 수 있다고 믿었던
그는 현대 추상회화의 선구자로 불린다.

당신이 바라보는 나라는 인간의 인생은
하나의 고정된 프레임에 담겨
재생되는 것이니까요. 그래요,
발코니를 향해 난 이 문의 프레임을
스크린이라고 생각해봐요.

무
정
한 여
한 인

어디든 편한 곳에 앉아요. 그래요, 그 정도 거리가 좋겠네요. 이제 당신과 나 사이에 적당한 간격이 생겼어요. 간격이란 건 꽤나 묘하죠. 사실 나는 간극이란 말을 더 선호하지만요. 간격이 객관적이고 사실적인 뉘앙스를 갖고 있다면 간극이라는 말에서는 일종의 의지가 느껴져요. 그럴 수밖에 없어서, 그렇게 해야만 하니까, 꼭 그러고 싶어서, 나는 여기에, 당신은 거기에 있다는 기분. 그리고 지금 당신과 나 사이의 간극은 이 정도.

아뇨, 나는 이 자리가 좋아요. 저 바깥세상이란 것과 적당히 격리되어 있고 적당히 가깝잖아요. 당신에게도 왠지 익숙하지 않나요? 당신이 바라보는 나라는 인간의 인생은 하나의 고정된 프레임에 담겨 재생되는 것이니까요. 그래요, 발코니를 향해 난 이 문의 프레임을 스크린이라고 생각해봐요. 나는 스크린 속에 갇혀 있으니 당신은 그곳에서 무엇이든 할 수 있죠. 오늘은 화장이 잘 먹지 않은 것 같다거나, 이 의상은 나와 별로 안 어울린다거나, 그사이에 나의 보디라인이 약간 무뎌진 것 같다거나, 그런 소리를 해도 상관없어요. 내가 출연한 영화를 보다가 옆자리에 앉아 있는 여자친구에게 이러쿵저러쿵 불평을 늘어놓곤 한 적, 있죠? 물론 나에 대한 칭송보다 그런 불평이 그녀를 기쁘게 한다는 것도 이유가 되겠지만, 아무리 그래도 아주 마음에 없는 말을 지어내진 않았겠죠. 난 당신이 집에서 혼자 DVD를 틀어놓고 나를 지켜볼 때의 방심한 자세에 대해서도 잘 알고 있어요. 오늘은 영화관과 당신의 집 사이 어디쯤엔가 있는 거라고 생각하세요.

내가 전한 주의사항은 숙지하고 오신 거겠죠? 형식적으로는 인터뷰지만, 질문은 받지 않겠다는 것. 사람들이 내게 묻고 싶어하는 것이 무엇인지 정도는 어차피 알고 있어요. 당신도 그런 게 궁금할 테고, 일단 나와 대화를 시도해볼 작정이었을 테고, 그러다 보면 속셈을 채울 수 있을

지도 모른다고 기대했겠죠. 당신은 운이 좋아요. 아무것도 묻지 않아도, 내가 그 기대를 채워줄 테니까. 만약 내 이야기가 지루해지면, 커튼을 내리고 돌아가면 된답니다. 정지 버튼을 누르거나 영화관을 나가는 것처럼 말이죠.

그럼 이제 당신이 궁금해하는 이야기를 하죠. 얼마 전 나는 연인과 결별을 했고, 한때 연인이었던, 그리고 작가인 그 사람이 나를 주인공으로 한 소설을 유력한 주간지에 연재하기 시작했죠. 지금까지 거의 드러나지 않았던 나의 사생활과 과거가 그 사람의 펜 아래에서 낱낱이 벗겨지는 중이라지요.

먼저 몇 가지 오해를 풀기로 해요. 우선 나는 그 사람이 쓰고 있다는 소설을 읽어본 적이 없어요. 그러니 그 소설에 대한 감상도 말할 수가 없답니다. 둘째, 내가 그 사람을 고소할 거라는 소문이 나돌고 있다고 하는데, 그런 건 생각해본 적도 없어요. 측근들의 이야기에 따르면, 그러니까 매니저와 코디네이터 같은 사람들 말이에요, 그 사람은 나를 무척이나 냉정하고 차가운 여자로 묘사하고 있다더군요. 소설 제목이『무정한 여인』이라고 했던가요? 하지만 난 별로 불만이 없어요. 아니 그저 무관심한 거죠. 알 게 뭐예요, 그건 그 사람 소설이고, 비록 나를 모델로 했다고 하지만, 그 사람이 본 내가 그렇다니 그런가 보다, 하는 거죠. 연인 사이라면 문제가 될 수도 있었겠지만요. 내가 좋아하는 사람한테 그렇게 보인다고 생각하면 누구나 슬프지 않겠어요? 하지만 더 이상 관심도 없는 사람이 나를 어떻게 보든 무슨 상관이죠? 그 사람 말대로, 그러니까 말 그대로, 무정(無情), 이죠. 감정 자체가 존재하지 않는 거예요.

중요한 건 아니지만, 그 사람이 나의 다섯 번째 연인이라는 것도 사실이 아니랍니다. 몇 번째인지 정확하게 기억나진 않지만 다섯 번째는 절대 아니에요. 열두 번째까지 세다 관뒀거든요. 내가 이곳 니스에서 은둔 생활을 하고 있다는 것도 사실이 아니에요. '지중해'라는 이름의 호텔을 누가 은둔을 위한 장소로 택하겠어요? 누군지 몰라도, 이 호텔 주인은 이름을 지을 때 단 일 초도 고민하지 않았을 거예요. 그리고 이 우스꽝스럽고 엉뚱하면서도 꿀처럼 달콤한 인테리어를 보세요. 은둔자와는 전혀 어울리지 않잖아요. 그러니 제발 '다섯 번째 연인과 결별 후 니스의 한 호텔에서 은둔 중인 여배우와의 독점 인터뷰' 같은 타이틀은 달지 말도록 하세요. 내가 여배우라는 것만 빼고는 죄다 틀린 말이니까요.

내 이야기는 이걸로 끝이지만, 당신은 마지막으로 묻고 싶은 말이 있겠죠? 다음 계획은 무엇인지, 그딴 거 말이에요. 기자들이란 늘 그런 걸 물어보더군요. 군이 감출 것도 없으니 간단히 얘기할게요. 그 사람의 소설을 영화화하고 싶어하는 사람들이 꽤 많다는 건, 잘 알고 있지요? 하지만 내가 단칼에 거절할 거라고 생각한 건지, 자신들까지 싸잡아 고소라도 할 거라고 믿었던 건지, 정작 나에게 의사를 물어본 사람은 딱 한 명뿐이었어요. 난, 시나리오만 재미있으면 하겠다고 대답했죠. 그 소설의 모델이 나라고 해서, 그런데 내가 아름답지 않게 그려졌다고 해서, 피하고 싶진 않아요. 난 배우니까요. 그리고 '무정한 여인'이란 건, 내가 지금까지 써왔고, 지금도 쓰고 있으며, 앞으로 쓰게 될 무수한 가면 중 하나에 불과하거든요.

　당신은 잘 이해할 수 없을지 몰라도, 세상에는 나 같은 사람이 존재해요. 처음부터 배우로 태어나는 사람들 말이에요. 이제 곧 '무정한 여인'을 연기해야 하니, 지금부터 무정한 여인으로 살아야겠어요. 내 자아가 분열되지 않도록 서서히 바꾸어가야죠. 그러니 이제 돌아가주세요.
솔직히 당신은 매력적이지만, 지금은 어쩔 수가 없어요. 해변의 저녁식사
나 노을 속의 와인 같은 걸 '무정한 여인'에게 기대하는 건 아니겠죠?

「니스의 실내」

앙리 마티스(Henri Matisse, 1869~1954) — 프랑스에서 태어났으며 20세기 회화의 혁명이라
일컬어지는 야수파 운동을 주도했다. 법률을 배우다가 화가로 전향했는데, 루브르 박물관에서
모사를 하다가 귀스타브 모로를 만나 그의 미술학교에 입학했다. 강렬하고 대담한 원색의 병렬과
대비, 현란한 아라베스크와 꽃무늬 배경 등을 즐겨 그렸으며 피카소와 함께 20세기 미술계를
이끌었다. 만년에는 다양한 기법과 재료를 동원하여 남프랑스 니스의 방스 성당을 장식했고,
니스에서 세상을 떠났다

기둥을 잡고 있는 손바닥에서
얇은 땀이 배어 나온다.
술래에게 잡히면 어쩌나. 아니
술래에게 발견되지 못하면
어쩌나. 무엇보다 이 순간이
영원히 끝나지 않으면 어쩌나.

아니야, 뒤에 있잖아

우리 둘이 숨바꼭질할까요

아하 그래 두 눈을 감아요

저기저기 풀잎 속에 숨었나

흘러가는 구름 속에 숨었나

아니야 뒤에 있잖아

다시 한 번 너를 찾아서

아니야 뒤에 있잖아

다시 한 번 너를 찾아서

_ 해오라기, 「숨바꼭질」

꿀꺽.

　마른침을 삼키는 소리에 소녀는 깜짝 놀란다. 자신의 몸속 어딘가에 동굴 같은 것이 있고 동굴 안에 거대한 짐승 같은 게 있어서 그 짐승이 부주의하게 몸을 뒤척이며 크르릉, 신음소리를 낸 게 아닌가 의심한다. 덜컹, 내려앉는 심장을 끌어안고 기둥 뒤에 몸을 숨긴다. 술래가 다가오는 기척을 재며 안간힘으로 숨을 참는다. 술래는 발소리를 죽이며 살금살금 이리로 오고 있나, 아니면 운 좋게 그 소리를 듣지 못하고 다른 곳을 헤매고 있나. 내다보고 싶은 조급한 마음을 누르며 소녀는 숫자를 센다. 하나, 둘, 셋, 넷, 다섯.

어른들이 집을 비운 한낮이었다. 소녀는 혼자 있는 것이 그리 싫지 않았다. 아니 오히려 조금 무료하고 조금 허전한 것 같은 그 시간을 은근히 즐기는 편이었다. 어른들의 눈치를 보지 않고 소파에 늘어져 산만하게 책장을 넘기다가, "도대체 무슨 소릴 하는 거야" 투덜거리며 획 던져버릴 수도 있다. 한 손으로 스커트 자락을 잡고 어지러울 때까지 빙글빙글 돌다가 바닥에 주저앉으며 깨끗이 세탁하여 잘 다려진 스커트가 구겨지고 더러워지는 것을 보고 깔깔거릴 수도 있다. 그래도 시간이 남으면, 엄마의 화장대 앞에 까치발을 하고 서서 손에 잡히는 대로 화장품을 꺼내어 보송보송한 얼굴에 찍어보고 발라보고 그려볼 수도 있다.

아무렇게나 내팽개쳐진 책이라거나 더러워진 스커트 자락이라거나 뚜껑이 채 닫히지 않은 화장품 병들이 발견되어도, 그다지 문제될 것은 없었다. '심심해서' 그리고 '무서워서' 그럴 수밖에 없었다는 표정으로 어른들을 바라보면, 도리어 그들의 얼굴에 미안하다는 표정이 떠오른다. 하지만 어른들이란 뭐든 좋을 대로 생각하는 사람들이어서, 소녀를 혼자 놓아두는 시간이 좀 더 길어져도 별 문제는 없을 거라고 멋대로 믿어버린다. 그날따라 혼자 있는 시간이 길어졌던 것은, 그러니까 그런 이유 때문이었다.

책을 열 권쯤 집어던지고, 눈앞에 하얗게 될 때까지 빙글빙글 돌고, 화장대의 모든 화장품을 열고 닫았는데도 소녀는 혼자였다. 어른들이 돌아오겠다고 약속한 시간은 훌쩍 지나 있었다.

"책이랑 화장품은 가지고 놀아도 괜찮아. 하지만 밖에 나가면 안 돼. 너처럼 작고 예쁜 아이는 혼자 돌아다니면 위험해. 알았지?"

소녀는 엄마와의 약속을 지키기 위해 집 안에 머물러 있었다. 크고 두터운 커튼 뒤로 아른아른 햇살이 비치고 있었지만, 소녀는 단단한 마룻바닥에 시선을 고정하고 바닥에 새겨진 흠집과 그것이 만들어낸 불특정한 무늬를 관찰하고 있었다. 커튼 뒤에서 아른거리는 것이 햇살만은 아니란 것을 깨달았을 때, 덜컥 겁을 먹은 것도 당연하다.

"누구? 엄마?"

바람처럼 부드러운 작은 손길이 커튼을 조금 들추었다. 햇살 속에 소녀를 닮은 소녀 하나가 서 있었다. 급히 쏟아지는 부신 빛에 소녀는 눈살을 찌푸렸다.

가위, 바위, 보.

이긴 사람은 소녀였다.

"네가 술래야."

술래는 고개를 끄덕이고 몸을 돌렸다. 기둥에 바싹 붙어 두 손으로 눈을 가리고 천천히 숫자를 세었다.

'여긴 우리 집인걸. 어디에 숨어야 하는지 난 다 알고 있어.'

소녀는 하나, 둘, 셋을 세는 술래의 목소리가 멀어질 때까지 뛰어가서, 몸을 숨길 곳을 찾기 시작했다.

'화장대가 있는 작은 방은 어떨까. 아냐, 하나씩 문을 열어보면 금방 들킬 거야. 나를 찾고 나면 저 아이는 돌아가버릴지도 몰라. 오래되고 낡은 다락방은 어떨까. 아냐, 우리 집에 자주 오는 손님들도 잘 모르는 곳인걸. 찾다찾다 못 찾으면 실망하고 돌아가버릴지도 몰라.'

소녀가 망설이는 사이에 술래는 열을 다 세었다. 깜짝 놀란 소녀는 황급히 기둥 뒤에 몸을 숨겼다.

'저 아이가 어느 쪽으로 가는지 우선 지켜본 다음에 정해야겠어.'

소녀는 토끼처럼 뛰어오르는 심장을 애써 누르며 자신에게 타일렀다. 눈을 반짝이며 온 집 안을 뒤질 것이라 생각했던 술래는, 그러나 어쩐지 그 자리에서 한 바퀴를 돌았을 뿐이었다. 그러고는 커튼 뒤에서 아른거리는 햇살을 가만히 바라보더니 문을 향해 걸어가기 시작했다.

'뭐야, 숨바꼭질을 하자고 한 건 내가 아니라 너잖아.'

소녀는 몹시 당황했다.

"내가 누군지 모르는구나?"

술래는 소녀에게 그렇게 말했더랬다. 마치 자신은 소녀를 잘 알고 있다는 듯 미소를 지어보이며. 가만히 보고 있으니 어디선가 만난 것도 같았다. 소녀는 얼른 고개를 끄덕였다.

"알아."

"그래? 그럼 우리 숨바꼭질할래?"

"좋아."

"가위, 바위, 보."

얼떨결에 내민 바위가 가위를 이겼다. 그리고 그 아이는 술래가 되었다.

숨을 죽인 채 열을 세고 소녀는 기둥 뒤에서 조심스럽게 몸을 내민다. 예상과 달리, 술래와 소녀 사이의 거리는 조금 더 멀어져 있다. 소녀에게서 등을 돌리고, 커튼을 향해, 커튼 뒤의 아른거리는 햇살을 향해, 소녀에게는 금지되어 있는 저 바깥의 세계를 향해 술래는 작은 발걸음을 옮기고 있다.

'아니야, 뒤에 있잖아!'

하마터면 소녀는 소리를 지를 뻔한다. 하지만 그랬다가는 술래에게 잡히고 말 것이다. 기둥을 잡고 있는 손바닥에서 얇은 땀이 배어 나온다. 술래에게 잡히면 어쩌나. 아니 술래에게 발견되지 못하면 어쩌나. 무엇보다 이 순간이 영원히 끝나지 않으면 어쩌나. 소녀는 풀썩 그 자리에 주저앉고 싶다. 숨바꼭질 같은 건 시작한 적도 없다는 듯, 아무렇지도 않게 걸어나가, 어디 가? 나도 같이 가면 안 돼? 하고 물어보고 싶다. 들키고 싶다. 이곳에서 나가고 싶다. 나가서 햇살 한 줌을 손에 쥐고, 아아 다 끝났어, 숨어 있는 건 질색이야, 하고 깔깔 웃고 싶다. 술래의 반짝이는 눈을 바라보며, 말하고 싶다.

이제 알았어, 내가 너야, 라고.

'아니야, 뒤에 있잖아. 나를 찾아줘. 나를 두고 가버리지 마.'

소녀의 두 눈에 그렁그렁 눈물이 맺힌다. 생애 최초의 공포, 혼자 남겨지는 것, 나의 일부가 나를 떠나는 것을 목격하는 것, 혹은 누구도 나를 찾아주지 않는 것에 관한 최후의 공포에 휩싸인 채.

윌리엄 메릿 체이스(William Merritt Chase, 1849~1916) — 미국에서 태어난 인상파 화가. 상인이었던 아버지는 체이스에게 가업을 잇게 했지만, 일찍부터 예술 분야에 관심을 갖고 있던 그는 스승들의 도움을 받아 1869년, 뉴욕으로 떠났다. 뉴욕에서 디자인 국립 아카데미의 일원으로 활동하며 본격적인 수업을 받았으나 이듬해, 가세가 기울어지면서 뉴욕을 떠나 가족들과 함께 지내게 된다. 가족들의 생계를 위해 일을 하는 틈틈이 그린 그림을 1871년, 국립 아카데미에 전시한 것이 계기가 되어 부유한 후원가의 지원으로 유럽에 머무를 수 있었다. 뮌헨에서 지내던 시기에 '붓을 느슨하게 잡고 그림을 그리는' 독특한 스타일을 개발했다. 1876년, 「음조 높이기(Keying Up)」란 제목의 초상화를 보스턴 아트 클럽에 전시하면서 명성을 얻기 시작했다. 1877년, 다시 미국으로 돌아간 체이스는 뉴욕에 스튜디오를 열고 동시대 화가, 작가들과 교유하며 제자들을 가르치는 일에 몰두했다. 후원자의 도움으로 '체이스 미술학교'를 열기도 했던 그는 모던 아트가 성행하던 1910년까지 그림을 그리고 학생들을 가르치는 일을 계속하다가 뉴욕에서 세상을 떠났다.

윌리엄 메릿 체이스
「숨바꼭질」

"무엇이든 좋습니다. 한때는
자주 사용했지만 이제는 필요가
없어진 것, 그런 게 있었다는 것조차
잊고 있었던 것, 지나친 기억이
담겨 있어 너무 무거워진 것,
그런 것들이 있으면
제게 내주지 않겠습니까?"

넝마주의 자

어떤 식으로든, 겨울은 지나간다. 겨우내 끌어안고 있었던 결핍이나 미련 같은 것을 버려야겠다는 마음이 조금쯤 든다면, 이제 봄이야, 하고 말할 수 있는 것이다. 작은 벌레들은 한결 부드러워진 흙에 몸을 부비고, 꽃들은 벌써 봉오리를 활짝 열어 바람에 맨살을 비빈다.

여자의 땅에는 일찌감치 봄이 무르익었다. 여자의 입장에서 보자면, 봄이 황급히 들이닥친 것이었다. 아마도 여자가 오랫동안 앓았기 때문에, 그래서 겨울이 가는 모습과 봄이 오는 모습을 지켜보지 못했기 때문에, 그렇게 느꼈는지도 모르겠다. 환절기 때마다 이유 없이 앓는 것은 여자의 고질병이었다. 무엇을 보내고 무엇을 맞이하는 일에 도무지 익숙해질 수 없는 여자는, 언제나 그랬듯이 어리둥절한 채로 자리에서 일어나, 불현듯 닥친 계절을 맞닥뜨려야 했다. 그 남자도 그렇게, 불현듯 나타났다.

아침에 눈을 떴을 때, 그날 무슨 일이 일어날지에 대해 알고 있는 사람은 없다. 어제까지만 해도 축 늘어져 있던 몸이 불현듯 생기를 얻게 된다거나, 입을 앙 다물고 있던 백합이 불현듯 우아한 꽃잎을 드러낸다거나, 태어나 처음 만나는 남자가 말을 건넨다거나, 그런 일들이 아무렇지도 않게 일어나는 것이 세상일이다.

"뭔가 버릴 것이 있습니까?"

겨울 외투치고는 얇고, 봄 코트라고 하기에는 좀 두꺼운 옷을 입은 남자는 백합 사이에 서 있었다. 그의 머리카락 위로 장난기 어린 햇살이 떨어져 창백한 얼굴에 아른아른한 그림자를 그리고 있었다. 그 부조화가 이상하리만치 조화로워서, 여자는 잠시 대답을 잊었다.

"무엇이든 좋습니다. 한때는 자주 사용했지만 이제는 필요가 없어진 것, 그런 게 있었다는 것조차 잊고 있었던 것, 지나친 기억이 담겨 있어 너무 무거워진 것. 그런 것들이 있으면 제게 내주지 않겠습니까?"

그제야 여자는 남자의 말을 알아들었다.

"아. 그런 거. 있어요. 분명히 있어요. 그런데……"

"찾으려면 시간이 좀 걸리지요? 괜찮습니다. 기다리겠습니다."

남자가 여자의 말을 이었다. 그래도 여자가 망설이는 기색을 보이자, 남자는 백합 사이에서 걸어나와, 파릇하게 돋아난 풀들 위에 털썩 주저앉았다. 그러고는 낡은 가방에서 하모니카를 꺼내어 불기 시작했다. 나른하고 달콤한 멜로디가 그의 하모니카에서 흘러나왔다. 여자는 문득 나른하고 달콤한 기분에 빠져, 천천히 집으로 걸어갔다. 소용에 닿지 않는 것, 잊고 있던 것, 무거워진 것들을 찾기 위해.

패 오랜 시간이 지난 후, 여자가 빈손으로 돌아온 것은, 그리 놀라운 일이 아니었다. 여자는 옷장에서 시작해 서랍과 다락과 창고까지 뒤졌지만, 원하던 것을 찾지 못했다. 남자는 아무것도 묻지 않고, 지친 여자가 자신의 옆자리에 털썩 주저앉을 때까지, 하모니카만 불었다. 여자는 피곤해 보였지만, 차분하고 밝은 얼굴을 하고 바람에 흔들리는 백합을 바라보았다.

"짐작하셨겠지만, 내 직업은 넝마를 줍는 것입니다. 넝마주이죠."

하모니카에서 입을 떼고, 남자가 말했다.

"넝마?"

"낡은 옷, 헌 종이, 빈 병, 무엇이든 버려진 것을 줍습니다. 나의 세계는 그런 것들로 이루어져 있고, 그 안에서 나는 살아가지요."

"쓸쓸하지 않은가요?"

버려진 것으로 이루어진 남자의 세계를 상상하며, 여자가 물었다.

"이상한 일이지만, 버려진 것들도 버려진 것들끼리 모이면 덜 쓸쓸하답니다. 버려진 것들이 아직 버릴 수 없는 것들 사이에 있을 때 쓸쓸한 것이지요."

"어쩐지 이해할 것 같아요. 그런데……"

"왜 당신을 찾아왔는지, 그 이유를 묻고 싶습니까?"

또다시, 여자의 말을, 남자가 이었다. 여자는 잠자코 고개를 끄덕였다.

"무언가가 지나갔지요. 그것이 계절이든 방황이든 삶의 한 절이든. 당신은 버릴 수 없다고 생각했지만, 그것을 잃으면 살 수 없다고 생각한 적도 있었지만, 이제 지나갔다는 것을 인정해야 할 시간이 왔다는 걸 알게 되었지요. 하지만 그런 것들을 어딘가에 보관할 수는 없을 겁니다. 보관한다는 건 기억한다는 것이고, 기억한다는 건 간직한다는 것이니까요. 그렇다고 함부로 내다버리기도 곤란하지요. 그건 한때 당신을 이루었던 무엇이었으니까요. 그래서 내가 온 것입니다. 나는 그런 것들을 가져다가, 그들의 세계 안에 넣고, 문을 잠급니다. 당신의 입장에서는 간직하는 동시에 망각하는 거지요."

"……낭만주의자로군요, 당신은."

여자가 말했고, 남자가 웃었다.

"굳이 '주의'를 붙이자면, 나는 넝마주의자입니다. 버려진 것들과 버리는 사람들을 동시에 수호하는 것이, 나의 의무이지요."

"하지만 난 드릴 수 있는 걸, 단 하나도 찾지 못했어요."

남자는 고개를 돌려, 여자를 가만히 바라보았다.

"난 이미 다 받았습니다. 안 그런가요?"

머리 위의 구름이 조용히 지나가고, 장난기 어린 햇살이 여자의 얼굴을 간질였다. 여자는 눈을 감았다. 어떤 식으로든, 겨울은 지나간다. 여자는 생각했다. 그리고 또한, 어떤 식으로든, 사랑도 지나간다.

「백합 속에서」

폴 고갱(Paul Gauguin, 1848~1903) — 프랑스 파리에서 태어나 가족들과 함께 페루로 이주했으나 생활에 어려움을 겪고 오를레앙으로 다시 돌아와 정착했다. 주식중개인으로 일하던 그는 인상파 화가들의 작품을 수집하면서 조금씩 그림을 그리다가 서른다섯 살이 되던 해 화가가 되기로 결심했다. 고흐와 함께 아를에 머무는 등 여러 곳으로 거처를 옮겨 다니다가 타이티 섬에서 밝고 강렬한 색채의 그림 세계를 완성했다. 생의 마지막에는 매독과 영양실조, 우울증에 빠져 자살을 꿈꾸며 「우리는 어디에서 왔으며, 무엇이며, 어디로 가는가」라는 작품을 그렸다. 1903년, 심장마비로 세상을 떠난 고갱은 20세기 회화를 탄생시킨 중요한 화가로 평가받고 있다. 서머싯 몸의 『달과 6펜스』는 고갱의 삶을 소설로 옮긴 것이다.

차오르는 것들은 홀로 타오르다가
별이 되어 저절로 떨어진다
밤의 인사를 건넬 때 우리 사이에는
긴 적막과 우물 같은 허공이 가로놓인다
나는 우물 밑바닥에서
안간힘으로 소리를 끌어모아보지만
너를 부를 수 있는 이름이 없다

네가 있는 하늘은 이렇게 멀고
네가 그리는 그림은 내게 아무 말도 걸지 않고 흘러간다
그러나 하나뿐인 모든 것은 사랑이므로
나는 기어이 여기 갇혀 있다

두 번째 이야기.

슬프ㅁ

그날, 그들이 아파트를 나오기 전,
그녀가 들고 다니던
작은 손가방이 없어지는 바람에
그들은 한차례 말다툼을 했다.
그 손가방으로 말하자면,
없어지려야 없어질 수가 없을 정도로
언제나 그녀의 손 닿는 곳에
놓여 있는 것이었다.

손
가
방

"그 아이들은 어떻게 됐을까."

낮은 목소리로, 그러나 분명히 그의 귀에 들릴 정도로, 그녀가 말했다.

"그 아이들이라니."

그는 반응을 보일 수밖에 없었다.

"엄마가 떠나버렸고 아이들을 돌볼 할머니가 왔거든. 아직은 다들 만족하고 있지만, 뭔가가 석연치 않아."

"도대체 무슨 이야기야. 누구 이야기를 하고 있는 건데."

그는 치밀어 오르는 짜증을 애써 누르며, 그러나 짜증을 내고 있지 않다는 것을 보여주기 위해 그녀의 팔을 살짝 잡았다.

"내가 읽다가 만 책 말이야."

그녀가 읽다가 만 책이라면, 레이먼드 카버의 소설이었다. 그녀는 지금, 자신은 외출할 생각이 없었다는 이야기를 하고 싶은 것이었다.

"아파트에 처박혀서 줄곧 책이나 읽고 싶었다는 소리야? 우린 지금 파리에 와 있다고. 여긴 오르세 미술관이야."

그녀는 아무 대답도 하지 않고 몇 걸음을 옮기다가 문득 멈춰 섰다. 앙리 팡탱라투르의 「밤」 앞에서.

그날, 그들이 아파트를 나오기 전, 그녀가 들고 다니던 작은 손가방이 없어지는 바람에 그들은 한차례 말다툼을 했다. 그 손가방으로 말하자면, 없어지려야 없어질 수가 없을 정도로 언제나 그녀의 손 닿는 곳에 놓여 있는 것이었다. 하지만 손가방은 감쪽같이 사라졌고, 그는 그녀를 도와 그들이 장기 임대한 아파트를 온통 뒤집어엎어야 했다.

커다란 더블베드와 붙박이장이 있는 침실, 이층 침대와 옷장이 있는 손님방, 장식장과 테이블 등의 가구가 있는 거실은 물론이고 부엌까지 샅샅이 뒤졌지만, 손가방은 나오지 않았다. 누군가 고의로 감추지 않고서야, 그럴 수가 없는 노릇이었다. 그가 더욱 이해할 수 없었던 건, 그 손가방 안에 넣고 다니던 그녀의 소지품들이 고스란히 화장대 서랍 안에 들어 있었다는 것이었다.

날카로운 말들을 주고받으며 한 시간도 넘게 계속된 수색이 별다른 성과 없이 끝나자, 그녀는 고집스러운 얼굴로, 그 손가방 없이는 외출할 수 없다고 선언했다.

"손가방이라고는 그거 하나밖에 없단 말이야."

"일단 필요한 것들을 내 백팩에 넣어가자. 그리고 괜찮은 가게에 가서 손가방을 하나 사는 거야. 근방에 좋은 가게들이 많은 거, 알잖아. 마음에 드는 걸 찾을 수 있을 거야."

"하지만 '그' 손가방은 아니지."

그녀는 등을 돌린 채 그렇게 말하고, 온갖 것들이 널브러진 거실을 가로질러 목욕탕으로 들어갔다. 잠시 후 그녀가 나왔을 때, 그녀의 얼굴은 물기에 젖어 있었다. 그녀의 까만 원피스 위로 몇 개의 물방울이 떨어지는 것을 바라보며, 그는 화조차 낼 수 없었다.

"화장을 지운 거야?"

그녀는 원피스를 벗어던지고 헐렁한 티셔츠를 입은 다음 책을 들고 소파에 드러누웠다. 그는 온몸에 힘이 빠졌고 부엌으로 가서 커다란 컵에 콜라를 따라 단번에 마셨다. 그녀가 부엌으로 들어와 식탁 앞에 앉아 있는 그의 어깨에 손을 얹은 건 그로부터 두 시간이 지난 후였다.

"아직, 들어갈 수 있겠지?"

그녀는 다시 화장을 하고 있었고, 제대로 된 옷을 입고 있었다.

"미안해."

센 강을 따라 걸으며, 그녀가 말했다.

"도대체 뭐가 문제야."

그는 그렇게 응답했지만, 모든 게 문제투성이라고 스스로도 생각하고 있는 중이었다.

"그 그림, 기억나?"

그녀가 물었다.

"어떤 그림?"

"「밤」. 아까 본 거."

그는 고개를 끄덕였다.

"그 여자, 뭘 보고 있던 걸까. 뭘 기다리고 있던 걸까. 어디로 가고 싶었던 걸까."

딱히 대답을 요구하는 질문이 아니었으므로, 그는 입을 다물고 그녀의 이야기를 기다렸다.

"나를 어디론가 데려가 달라고, 내가 졸랐지. 알아. 당신이 무리한 것도. 마지막 순간에, 내가 흔들렸을 때도, 당신은 실망하지 않고 내가 어떻게 하고 싶은지 물었어. 뭐든 좋으니 하고 싶은 대로 하라고. 난 나를 묶고 있는 모든 것에서 벗어나고 싶었어. 하지만 혼자 훌쩍 떠나는 것도 두려웠어. 그래서 당신이 내 손을 잡고 여기까지 와주겠다고 했을 때, 그저 당신한테 나를 내맡기면 그걸로 좋을 거라고 믿었어. 그러다 마지막 날, 우리가 떠나기 전날, 갑자기 상황은 조금도 달라진 게 없다는 걸 깨달아버린 거야. 당신은 내가 하고 싶은 대로 하라고 했지만, 이미 모든 게 준비되어 있었어. 비행기 티켓과 아파트, 여행책자와 슈트케이스 안의 짐들, 그리고 당신까지."

말을 마치고, 그녀는 스르르 쓰러지듯 주저앉았다. 그는 급히 팔을 뻗어 부축하려 했으나, 그녀는 일어날 의사가 없었다. 바닥에 앉아 무릎을 감싸 안은 채, 그녀가 말했다.

　"정말 미안해. 이렇게 될 줄 몰랐다면 미안하지도 않을 거야. 하지만 난 이렇게 될 거라고 생각하고 있었어."

　"돌아가고 싶어?"

　그가 물었다. 밤의 기운이, 어둡고도 강렬한 기운이, 불길하고도 아름다운 기운이 그들을 엄습했다.

　"잘 모르겠어. 다만."

　"다만?"

　"내 손가방이 없어졌어. 하나밖에 없는 건데. 다른 손가방들은 다 그곳에 두고 왔는데."

　파리에도 밤은 오고, 그들은 어디에도 가지 못할 거라고, 그는 생각했다.

「밤」

앙리 팡탱라투르(Henri Fantin-Latour, 1836~1904) — 프랑스 그르노블에서 태어나 19세기 후반, 파리 화단에서 활동했다. 초상화를 포함한 인물화, 꽃과 과일 등의 정물화를 주로 그렸으며, 「정물」「들라크루아 찬송」「마네에게 바치다」 등의 작품을 남겼다. 그의 그림은 대체로 온화한 화풍을 지니고 있지만, 「밤」에서 보이는 것은 부드러우면서도 불안하고, 고요하면서도 끝없이 움직이는 '시간'이다. 알 수 없는 미래처럼 밤의 기운이, 아무것도 할 수 없는 여자와 아이를 포박하고 있다.

"어디서 만난 적이 있던가요, 우리?"
궁정도 부정도 아닌 여자의 미소에,
남자는 약간 당황한 듯 보인다.
조금만 더 이 순간을 즐기겠노라고,
그리고 당신에게 말해주겠노라고,
여자는 다짐한다.

술
꾼

여자는 생각한다. 그래, 한 잔 더 하도록 해. 입을 열어 말을 할 기분이 들 때까지, 혹은 뭔가 그럴 듯한 말이 생각날 때까지. 술은 아직 남아 있고 밤은 이제 시작이니까. 아마도 당신은 취기가 오를 때까지, 어떤 말을 해도 어떤 짓을 해도 죄책감이 들지 않을 때까지 기다렸다가, 나른한 목소리로 맥락 없는 이야기를 시작하겠지. 세상이 갈수록 편협하고 비겁해진다거나, 신문에서 정말로 바보 같은 이야기를 읽었다거나, 점심식사를 한 레스토랑에서 짜증나는 웨이터를 만났다거나, 그런 시시껄렁한 이야기들. 아니면 당신을 조금 더 진지하고 남자답게 만들어줄 거라고 당신이 믿고 있는 화제들, 이를테면 블랙홀이나 향유고래, 산성비나 실리콘에 대한 잡다한……

"항생제라는 말의 뜻이 '생명에 반(反)하는, 생명에 불리한 약'이라는 거, 아이러니컬하지 않아요? 안티바이오틱(antibiotic)이라니."

안티바이오틱이라니. 어느 구석에서 튀어나온 생각인지 몰라도, 그런대로 어울리는 화제야. 당신 앞에 놓인 그 술잔이 당신의 생명을 갉아먹고 있으니까. 여자는 입술을 깨물고, 앞에 놓인 술잔을 채운다. 그런 사실을 잘 알면서도, 남자가 왜 그런 이야기를 끄집어냈는지에 대해 고민하고, 생략된 맥락과 드러나지 않은 행간에 대해 짐작하고, 어떤 반응과 질문으로 남자를 기쁘게 해줄까 생각하고 있는 자신을 서둘러 물리치며, 여자는 급히 술을 마신다.

"영국의 과학자 알렉산더 플레밍이 1929년에 처음 항생제를 발견했죠. 접시에서 키우고 있던 세균들이 갑자기 성장을 멈추었는데, 그게 어떤 곰팡이 때문이라는 것을 알게 된 겁니다. 하지만 플레밍은 이 곰팡이의 잠재력을 더 이상 발전시킬 수가 없었어요. 플레밍의 연구를 이어받은 사람은 독일인 생화학자 에른스트 체인과 호주인 병리학자 하워드 플로리였습니다. 두 사람은 옥스퍼드에서 1938년부터 같이 연구했고, 2년 후에 최초의 페니실린 항생제를 만들어냈지요. 1940년, 독일이 영국을 침공할 기미가 보이자, 두 사람은 강제로 출국당할 경우를 대비해서 외투 안쪽에 페니실린 배양균을 발라놓기도 했답니다. 어디서든 연구를 계속하기 위해서 말입니다. 제2차 세계대전으로 인해 전 세계에 죽음이 퍼지면서 모든 나라들이 약품을 대량생산하는 데 전념했지요. 하지만 영국은 돈이 없었고, 페니실린의 대량생산에 성공한 나라는 미국이었죠. 1950년 무렵에는 폐렴, 디프테리아, 매독, 수막염 등을 치료할 수 있게 됐습니다."

걱정 마, 난 아직 흥미를 잃지 않았으니까. 여자는 조금 흐트러진 자세를 바로잡고, 정신을 추스른다. 좀 지루하긴 하지만, 남자가 왜 그런 이야기를 꺼냈는지, 그 이야기의 끝이 어떻게 되는지, 그리고 이야기가 끝나면 어떻게 될 것인지, 여자는 알고 싶다.

"항생제는 병든 인체 내에서 세균을 죽이는 작용을 하지요. 사람의 몸 안에서 세균이 증식할 때, 세균 세포벽의 구조에 손상을 입히는 겁니다. 그러면 세포의 내용물은 빠져나오고 세균은 죽게 되지요. 세균이 증식하는 데 필요한 단백질을 만드는 기관에 해를 끼치기 위한 목적으로 만들어지는 항생제도 있고, 증식을 담당하는 세균의 유전암호에 손상을 입히는 항생제도 있습니다. 그러니까 말하자면, 항생제란 다양한 방법으로 세균을 죽입니다. 그러니 항생제라는 말은, 세균이라는 생명에 불리한 작용을 하는 약이란 뜻으로 만든 겁니다. 세균의 입장에서 지어진 이름이지요. 재미있지 않습니까?"

플라스틱처럼 뻣뻣했던 남자의 몸이 서서히 풀리기 시작한다. 두 뺨에 혈색이 돌고, 무심했던 눈동자에 나른함 대신 호기심이 깃들고, 차가운 손은 술잔을 들거나 내려놓으며 간간히 여자의 팔을 스치기도 한다.

"재미있는 사람이군요, 당신. 대부분의 여자들은 이런 이야기를 이 정도 늘어놓으면 도망가게 마련인데."

그럼요. 난 당신이 생각하는 것보다 훨씬 재미있는 사람이죠. 게다가 재미를 절대로 놓치지 않는 여자랍니다. 이제부터 더욱 재미있는 일이 벌어질 테니까요. 여자는 생각한다. 드디어 이 사람이 내 눈을 제대로 바라보고 이야기를 하고 있어. 뭔가 다른 이야기. '우리'에 관한 이야기.

"어디서 만난 적이 있던가요, 우리?"

긍정도 부정도 아닌 여자의 미소에, 남자는 약간 당황한 듯 보인다. 조금만 더 이 순간을 즐기겠노라고, 그리고 당신에게 말해주겠노라고, 여자는 다짐한다. 난 바로 이 자리에서, 바로 당신에게, 그 질문을 다섯 번이나 받았던 여자라고. 그리고 당신에게 다섯 번이나 지워졌던 여자라고. 나에게 있어 당신은, 당신이 지루하고 장황하게 떠들었던 그 세균처럼, 나의 생명을 갉아먹고 있는 존재라고. 당신 때문에 나의 삶은 조금도 안전하지 않을뿐더러 점점 더 나빠지고 있다고. 그런데도 나는, 어리지도 어리석지도 않은 나는, 항상 당신에게 터무니없이 약했던 나는, 단 한 번도 당신의 손에서 벗어나는 데 성공하지 못했다고. 당신에게 지워진 수많은 밤들 동안, 나는 당신을 죽이기 위해 항생제를 만들었노라고.

"그거 알아요? 항생제가 항상 세균만 공격하는 것은 아니지요. 더러 인체에 유용한 세균까지 죽이기도 합니다. 예를 들어 페니실린은 효모인 칸디나를 방어하는 세포균을 죽여 입, 질, 피부에 염증을 일으키기도 하지요. 항생제를 투여하는 순간, 2차 감염의 위험도 시작되는 겁니다. 그런데 그보다 더 큰 문제가 있어요. 세균은 끊임없이 진화를 거듭하고 있다는 것 말입니다. 새로운 항생제가 만들어지는 속도보다, 세균의 진화

속도가 언제나 빠르지요. 세균과의 전쟁에서 인간은 영원히 이길 수가 없습니다. 그들은 생명이고, 생명은 진화하니까요. 세균도 나름대로 목숨을 건 싸움을 하고 있는 겁니다. 다른 생명에 기생하지 않고는 살 수가 없으니까요. 어때요, 한 잔 더 하겠습니까?"

이렇게 되면 안 된다는 마음과, 이렇게 될 수밖에 없다는 마음이 충돌하고, 포기와 안도가 한꺼번에 여자에게 들이닥친다. 여자는 천천히 손을 뻗어 술잔을 움켜쥔다. 그 자리에서 일어나야 할 수백, 수천 가지 이유가 떠오른다. 하지만 동시에, 그 자리에 그대로 있어야 할 단 두 가지 이유가 여자의 발목을 잡는다. 어차피 술은 아직 남아 있다. 그리고 밤은 이제 시작이다.

「술꾼」

장 베로(Jean Béraud, 1849~1935) — 러시아 상트페테르부르크에서 태어났다. 부모는 프랑스인이었는데, 조각가인 아버지가 상트페테르부르크에 있는 성당에서 일을 하고 있었기 때문이다. 베로가 네 살이 되던 해 아버지가 세상을 떠나고, 가족들과 함께 프랑스 파리로 돌아왔다. 법학을 공부하다가 스물한 살 때 화가가 되기로 결심했다. 그는 교외의 풍경 대신, 파리 사람들의 모습을 주로 그렸다. 당시 파리는 '벨 에포크(La Belle Epoque, 아름다운 시절)'를 누리고 있었고, 장 베로는 파리의 생생한 모습을 담기 위해 안이 들여다보이지 않는 마차를 타고 다니며 그들을 그림으로 옮겼다. 전시회 기획자로서도 활동한 그는, 사교계의 주요 인물로서 생을 누리며 평생 독신으로 살았다.

만족스러운 미소를 지으며
괴물은 떠났고, 거울만이 여자를
지켜보고 있었다. 질투로 일그러진
추악한 여자의 모습을 담을 수가 없어,
거울은 흐릿한 눈을 감았다.

방문

마구 휘갈겨 쓴 편지였다. 남자는 아마 자신의 서재에서 그 편지를 썼을 것이다. 한 시간 또는 두 시간쯤 전에. 그 시간에 여자는 옷을 입고 있었다. 생각해보면, 녹색 드레스를 고른 것은 우연이 아니었다. 질투는 녹색의 눈을 가진 괴물이라고 누군가는 말했다. 그 누군가는 언젠가 어디선가 질투를 만난 것이 틀림없다. 어쩌면 한동안 함께 살았을지도 모른다.

어떤 경로를 거쳤는지는 몰라도, 그 괴물은 여자를 찾아왔다. 자신이 기생할 숙주를 신중히 물색하고, 수소문 끝에 여자의 주소를 얻었을 것이다. 괴물은 그녀가 혼자 있는 시간을 골라 정중하게 초인종을 눌렀다. 사악하고 무서운 괴물들이 죄다 그러하듯, 질투라는 괴물도 겉모습은 매우 멀쩡해 보였다. 여자는 조금 심심하고 조금 쓸쓸했기 때문에, 괴물이 커다란 모자를 벗고 몸을 숙여 인사를 한 것만으로, 마음을 풀어버렸다. 의심은 냉큼 물러가고 호감이 그 자리를 메운 것이다. 괴물의 짙은 녹색 눈은 오히려 신비롭고 매혹적이었다.

여자가 심심하고 쓸쓸했던 것도 따지고 보면 남자 때문이었다. 여자의 마음을 얻기 위해 남자가 바친 것은 꽃과 선물, 달콤한 밀어를 속삭이는 부드러운 음성, 환하고 선한 미소 같은 것들이었다. 여자는 쉽게 마음을 내어줄 생각이 없었다. 뜨거운 화로처럼 타오르는 남자의 시선을 조금 더 즐기고 싶었기 때문이었다. 지금은 갖고 있지 않으나 앞으로 곧 갖게 될 것에 대해 상상하는 것, 그것이야말로 여자가 소유할 수 있는 가장 큰 기쁨이었다. 겉봉을 뜯기 전의 러브레터, 포장을 풀기 전의 선물, 가까운 미래에 경험하게 될 첫 키스.

너무 오래 시간을 끄는 것이 아니냐고 여자의 친구들은 충고했다. 하지만 여자는 남자를 만날 때마다 다음번, 이라고 말했다. 아직 잘 모르겠어요. 당신이 싫은 건 아니지만, 글쎄, 결심이 서질 않네요. 다음번에 꼭, 대답할게요. 남자의 얼굴에는 실망의 빛이 떠올랐지만, 약속한 '다음 번'이 돌아올 때까지 여자는 행복했다. 자신의 대답으로 인해 달라질 운명, 그것에 대해 그려볼 것이 너무나 많았다.

무엇인가가 잘못되어가고 있다는 생각이 든 것은 한 달쯤 전이었다. 헤어지기 전, 남자는 '다음'을 약속하지 않았다. 무슨 일일까. 마음이 변한 것일까. 아니, 그저 바쁜 일이 있어서일 거야. 조금만 기다려보자. 나를 이대로 내칠 리가 없잖아. 여자는 그렇게 생각했지만, 남자에게서 연락이 없는 동안, 심심하고 쓸쓸했다. 괴물은 그 순간을 노려 여자를 찾아왔다.

"이런 일은 한 번도 없었습니까?"

괴물은 여자의 눈동자를 빤히 들여다보며 물었다.

"정말 걱정이에요. 그 사람에게 뭔가 나쁜 일이라도 생긴 건 아닐까요?"

여자는 괴물의 눈 속에 비친 자신을 바라보았다. 몹시 초조한 표정이었다.

"글쎄요, 제가 알기론, 대부분의 남자들은, 나쁜 일이 생기면 사랑하는 여자에게 의지하는 편입니다만."

신중하게 말을 고르며, 괴물이 말했다.

"나쁜 일이 아니라면, 뭘까요?"

불안한 심장을 움켜쥐며 여자가 물었다.

"글쎄요, 여러 가지 가능성이 있지만…… 설마. 그는 당신에게 빠져 있는데. 아마 아닐 겁니다."

괴물은 말을 다 하지 않고 입을 다물었다. 더 캐묻고 싶었지만, 여자는 그럴 수가 없었다. 괴물의 입에서 괴물 같은 말이 튀어나올지도 모른다는, 불길한 예감 때문이었다. 여자는 더 이상 묻지 않았고, 괴물도 더 이상 말하지 않았다.

괴물이 여자의 집에 머물게 된 것은, 여자가 괴물에게 자리를 내어주었기 때문이었다. 불안은 불안을 부르고, 절망은 절망을 부르고, 고통은 더욱 극심한 고통을 불러냈다. 괴물의 녹색 눈에 비친 여자의 모습은 자꾸만 초라해졌다. 여자는 자신이 가엾어서 미칠 지경이었다. 이렇게 순수하고 이렇게 한결 같은 여자를 방치해두고, 아무런 연락도 없는 남자는 도대체 뭐란 말인가.

할 이야기가 있다고, 만나고 싶다고, 남자가 연락을 해온 것은 그로부터 일주일이 지난 후였다. 그리 긴 시간은 아니었지만, 여자의 영혼은 이미 녹색으로 물들어 있었다. 드레스를 입고 머리 모양과 화장을 몇 번이나 점검하는 동안, 괴물은 여자의 옆을 서성였다. 단단히 따지겠어. 여자는 말했다. 여자가 단정하고 있는 대부분의 일들은 상상 속에서 벌어진 것뿐이었지만, 여자는 이미 이성적인 사고를 할 수가 없었다. 여자가 막 집을 나서려는데, 편지가 도착했다. 남자의 편지를 들고 온 하인은 답장을 기다리지도 않고 떠나버렸다. 여자는 무언가에 홀린 듯, 레터나이프를 찾지도 않고 겉봉을 잡아 뜯었다. 마구 휘갈겨 쓴 글씨. 몇 번이나 되풀이하여 읽어도 변하지 않는 내용. 시간은 거기서 멈추었다.

만족스러운 미소를 지으며 괴물은 떠났고, 거울만이 여자를 지켜보고 있었다. 질투로 일그러진 추악한 여자의 모습을 담을 수가 없어, 거울은 흐릿한 눈을 감았다. 거울이 매달려 있는 벽도 몸을 뒤틀었다. 바닥은 융기하고 천장은 울부짖는 소리를 내며 흔들렸다. 여자는 아무것도 느끼지 못했다. 밖으로 향하는 거대한 문이 천천히 닫혔다. 여자는 그곳에 갇했다. 녹색 드레스에 결박당한 채, 한 발자국도 움직일 수 없었다. 여자를 가둔 채, 풍경은 허물어졌다.

중요한 건 아니지만, 남자의 편지에 별다른 내용은 없었다. 갑자기 급한 일이 생겼으니 약속을 미루었으면 한다는, 그저 간단히 양해를 구하는 편지였다. 하지만 여자는 그 편지를 이렇게 읽었다.

　'나는 더 이상 당신을 원하지 않습니다. 나에게는 다른 여자가 생겼습니다. 그 여자를 사랑합니다. 당신과 나는 이제 영원히 만날 일이 없을 것입니다.'

「녹색 옷을 입은 여인」

윌리엄 메릿 체이스(William Merritt Chase, 1849~1916) — 제임스 휘슬러, 메리 커샛, 존 싱어 사전트 등은 미국에서 태어나 프랑스 파리로 건너가 프랑스 인상주의의 화풍을 공부하고, 그것을 미국에 전파시킨 화가들이다. 미국 인상주의 그룹 '더 텐(The Ten)'의 멤버였던 체이스도 그중 한 사람이었다. 파리에서 6년을 보내고 뉴욕으로 돌아간 체이스는 초상화와 정물화에서 두각을 나타냈다. 어두운 분위기의 사실주의 그림을 주로 그렸으나 유럽 유학 이후, 밝고 화려한 인상파의 길을 걷게 된다. 1886년 결혼 이후 10년 동안, 롱아일랜드 시네코크의 여름학교에서 그린 풍경화들이 훗날 그의 주요 작품으로 남게 된다. 그는 훌륭한 선생님이기도 했는데, 에드워드 호퍼와 조지아 오키프가 그의 제자들이다.

그녀의 몸을 감싸고 있는
검은 재킷과 짙은 녹색의 스커트는
세계의 모든 빛을 흡수하여
노란색과 오렌지색과 푸른색으로
반짝였다. 빛의 알갱이들이 그녀를 중심으로
즐거운 듯 굴러다니며
웃음을 터뜨리고 있었으므로.
나는 시선을 돌릴 수가 없었다.

불멸을 위하여

어둠 속에서, 나는 그를 발견했다. 출구가 보이지 않는 동굴 안에 불현듯 한 줄기 빛이 떨어지듯, 삶의 한 조각이 갈라진 틈으로 그가 나타났다. 처음에 나는 그의 모습을 제대로 보지 못했다. 어둠에 익숙해진 눈동자는 빛으로 발현하는 물체를 두려워했다. 하지만 나는 뒷걸음질을 쳐서 도망을 갈 수도 없었고, 다른 쪽으로 시선을 돌릴 수도 없었다. 그를 제외한 모든 공간과 시간이, 완벽한 어둠이었으므로.

　　　　빛 속에서, 나는 그녀를 발견했다. 대기 중에 떨어지는 햇살이 그녀의 머리카락에서 비눗방울처럼 터지고 있었다. 그녀의 몸을 감싸고 있는 검은 재킷과 짙은 녹색의 스커트는 세계의 모든 빛을 흡수하여 노란색과 오렌지색과 푸른색으로 반짝였다. 빛의 알갱이들이 그녀를 중심으로 즐거운 듯 굴러다니며 웃음을 터뜨리고 있었으므로, 나는 시선을 돌릴 수가 없었다. 그녀를 포함한 모든 공간과 시간이, 완벽한 빛이었으므로.

나는 슬픔을 몰랐다. 내가 속해 있던 세계는 어둠밖에 없었으므로, 어둠 자체로 완벽했으므로, 슬픔이 스며들 여지가 없었다. 슬픔이란 아름다움에서 비롯되는 것이다. 처음부터 아름다움을 알지 못하는 사람에게, 슬픔이란 낯선 관념일 뿐이다. 알지 못하는 것을 원할 수 없고, 모르는 것을 갈망할 수 없다. 그래서 나는 그가 아름다움이자 슬픔이라는 것을 알 수 없었다. 그저 본능적으로 그에게 이끌려, 빛의 세계로 한 발자국을 내디딘 것이 전부였다. 그 한 발자국이 얼마나 많은 것을 바꾸어놓을지, 짐작도 하지 못한 채.

사람들은 내가 아름다움을 추구하기 위해 태어났고, 아름다움을 좇으며 살아가고, 아름다움 때문에 죽을 것이라고 말했다. 나의 스승은 내게, 아름다움의 본질에 가까이 가면 갈수록 세계는 공허해지고 마음은 고독해질 것이라고 충고했다. 아무래도 좋다고 생각했다. 세계가 공허해지고 마음이 고독해질수록 나의 시어(詩語)는 투명해지고 명료해졌으므로, 그런 상태를 경계할 이유가 없었다. 나는 외로워지기 위해 사랑을 했고, 절망에 빠지기 위해 삶에 집착했다. 내가 만약 아름다움 때문에 죽는다면, 사람들은 영원히 나를 기억할 것이다. 그것이 내가 얻고자 하는 시인의 죽음이며 동시에 불멸이었다. 내가 그녀에게서 본 것은, 나를 죽일 수도 있는 아름다움이었다.

그에게 가까이 가지 않는 것이 좋다고, 사람들은 내게 경고했다. 그의 열정이 나를 태우고 나를 파괴할 것이라고, 그들은 예언했다. 그들이 옳았다. 그는 세계의 닫힌 문들을 하나하나 열고, 나를 그 앞에 세웠다. 그의 시어들이 생명을 가진 모든 것들과 생명이 없는 모든 것들에 닿을 때마다, 세계의 세포들은 소스라쳐 깨어나고 빛이 쏟아졌다. 색채와 색채의 포옹, 소리와 소리의 키스, 비틀리고 뒤집히고 무너지는 감정과 감각 들 속에 그는 나를 세워두었다. 그러고는 나를 방치했다. 매순간 그에게서 달아날 궁리를 하면서도, 나는 그 자리를 벗어날 수 없었다. 내 마음이 슬픔으로 가득 차오르는 순간을 기다려, 그는 시를 썼다. 그

리고 나에게, 이 세계에서 나보다 아름다운 존재는 없으며, 자
신은 그것으로 인해 죽을지도 모른다고 속삭였다.

너는 울면 안 돼. 그 어떤 괴로운 순간에도 슬픈 표정을 지으면
안 돼. 슬픔이 슬픔으로 드러나는 것, 절망이 절망으로 비치는
것은 내가 원하는 것이 아니야. 너는 나를 바라보면 안 돼. 항상
고개를 반쯤 돌리고, 어딘가 다른 곳을 응시해야 해. 네 마음이
나로 가득 차면 안 돼. 너는, 네 마음은, 너의 영혼은, 나를 벗어
난 곳, 이 세계가 아닌 다른 세계, 가능하면 아주 높고 깊어 내
가 결코 도달할 수 없는 곳에 있어야 해. 제발 부탁이야. 우리의
열정은 곧 끝날 거야. 그리고 한 번 끝이 나면 두 번 다시 돌이
킬 수 없어. 열정을 지속하는 방법은 오직 하나뿐이야. 다른 것
을 생각하고 다른 것을 꿈꾸고 다른 것을 보아줘. 내가 아닌 다
른 것을. 나는 그녀에게 몇 번이나 그렇게 말했다.

그를 사랑하는 일도, 그에게 나를 사랑하느냐고 묻는 일도 금지
되어 있었다. 언제 무너져내릴지 모르는 세계의, 언제 떠날지 모
르는 사람의, 불안하고 위태로운 아름다움이 나를 잠식해갔다.
그 어떤 약속도 없었고 단 한순간의 평화도 허용되지 않았다.
그가 나를 찾아오는 횟수는 점점 줄어갔지만, 이유를 물을 수
도 없었고 그를 찾아 나설 수도 없었다. 이제 그는 돌아오지 않
을 거라고, 사람들이 말하기 시작했다. 결국 그들이 옳았다. 내
가 떠나온 세계, 빛이 존재하지 않았던 평화로운 어둠의 세계로
돌아가기 위해, 나는 짐을 꾸렸다.

그녀가 떠났다는 소문이 나에게 이르렀던 밤, 나는 마지막 시를 썼다. 가득 차 있다가 텅 비어버린 세계의 그 공허하고 고독한, 절대적이고 완벽한 아름다움이 나를 사로잡았다. 그녀로 인해, 나는 불멸을 얻었다. 혹은 나의 시 안에서, 그녀는 불멸을 얻었다고 말해야 할지도 모르겠다. 최초의 모습, 최초의 마음, 최초의 사랑이 그 상태 그대로 마지막에 이를 때, 조금 전까지 분명하게 있었던 것이 완전하게 사라질 때. 죽음을 뛰어넘는 것은 그것밖에 없다. 그리고 불멸할 수밖에 없는 존재가 이 세상에서 얻고자 하는 것이, 불멸 이외에 무엇이 있을 수 있을까. 모든 것이 끝났다. 그것으로 나는 완성되었다.

「울타리 앞에 선 도렐리아」

오거스터스 존(Augustus John, 1878~1961) — 영국 웨일스 연안 텐비에서 태어났다.
런던에 있는 미술학교를 졸업하고 라파엘전파의 화가로 활동했다. '라파엘전파'는
윌리엄 홀먼 헌트, 존 에버렛 밀레이, 단테 가브리엘 로세티 등 영국 왕립아카데미에 다니던
화가들이 결성한 단체로, 미켈란젤로나 티치아노를 모방하는 예술에 반발하여
'라파엘로 이전처럼 자연에서 겸허하게 배우는 예술'을 표방했다. 인물화, 초상화, 벽화등을
그렸으며 자유롭고 열정적인 삶을 살았다. 오거스터스 존의 누나 그웬 존 역시 화가로 활동했는데,
남동생과는 대조적으로 고립된 삶 속에서 그림을 그렸다고 한다.

그가 돌아올 때까지,
나는 그를 대신해서 이 무대에
서게 되었지요. 여기, 그를 닮은
어릿광대 인형과 함께요.
나는 광대가 아니고, 그래서
여러분을 웃게 만들 수가 없기 때문에,
어쩔 수 없이 슬픈 이야기를
할 수밖에 없었답니다.

광
대
의

여
인

나의 연인은 어릿광대, 사람들을 웃게 하는 것이 그의 직업이었지요. 어제보다 조금도 나아지지 않은 일상, 절대로 바뀌지 않을 것 같은 세상, 아무런 희망도 보이지 않는 미래를 잊고 잠시 마음껏 웃어보고 싶은 사람들이, 하루가 저물어가는 시간에 그를 찾아오곤 했답니다. 얼굴에 하얀 분칠을 하고, 우스꽝스러운 빨간 코를 달고, 가끔 춤을 추고 자주 넘어지며, 사람들을 웃기기 위해 땀을 흘리던 그의 모습을, 어쩌면 당신도 한 번쯤 본 적이 있을 거예요. 그는 자신의 직업을 좋아했답니다. 그리고 그것이, 그의 아픔이었지요.

내가 그를 처음 만났을 때, 그는 울고 있었습니다. 가로등 하나가 외롭게 서 있던, 어두운 골목이었지요. 그때도 나는, 지금처럼 꽃을 파는 소녀였답니다. 매일 밤 그가 일하는 카페에 들러, 술을 마시는 사람들에게 몇 송이의 꽃을 팔고, 마음씨 좋은 주인에게 빵을 한 조각 얻어 집으로 돌아가는 것이 나의 일과였지요. 그날, 너무나 배가 고파 집으로 돌아갈 기력조차 없었던 나는, 사람들의 발길이 뜸한 곳에서 빵을 뜯어 먹기 위해 골목으로 들어섰다가 그를 발견한 것입니다.

카페의 뒷문에 등을 기댄 채 손등으로 눈물을 훔치던 그는, 나를 발견하고 부끄러운 듯 미소를 지었죠. 그러고는 주머니를 뒤져 몇 개의 동전을 꺼냈어요. 아마 꽃을 사주려고 했던 것 같은데, 안타깝게도 그에겐 꽃 한 송이 값조차 없었지요. 하지만 나는 개의치 않았어요. 어차피 꽃도 시들어가고 있어서, 누구한테 팔 수 있는 형편이 아니었거든요. 나는 머리에 두르고 있던 수건을 풀어, 그의 눈물을 닦아주었지요. 하얀 분칠이 지워지고, 처음으로 그의 맨 얼굴이 드러난 순간, 나는 사랑에 빠졌습니다. 그의 눈동자가 너무나 슬퍼 보였거든요.

"왜 울고 있었어요?"

내가 물었습니다.

"나의 일을 너무나 사랑하기 때문이지."

그가 대답했어요.

"그렇다면 기뻐해야 하는 거 아닌가요? 그 일을 하고 있으니까요."

내 말에, 그는 슬픈 미소를 지으며 고개를 흔들었습니다.

"하지만 나에게는 재능이 없어. 사람들을 웃게 만들 수가 없는걸."

나는 그의 말에 반박할 수가 없었습니다. 그건 사실이었으니까요. 그가 그토록 무한한 노력을 기울였음에도 불구하고, 사람들은 기대만큼 웃어주질 않았어요. 솔직히 나 역시, 그의 무대가 재미있다는 생각은 해본 적이 없었지요. 카페의 무대에는 매일 밤, 재능 있는 가수와 재치 있는 마술사들이 오르내리고 있었고, 사람들은 그들에게 아낌없는 박수와 응원을 보냈지만, 그가 등장하면 몸을 돌려 친구들과 잡담을 나누거나, 화장실에 가느라 자리를 비우곤 했답니다. 그가 무대를 지킬 수 있었던 건, 나에게 빵을 주는 착한 주인의 배려 덕분이었지요.

어떻게 위로를 해야 할지 몰라, 나는 시들어가는 꽃들 중에서 그나마 싱싱해 보이는 꽃 한 송이를 골라 그에게 건네주었습니다. 그는 조금 어리둥절한 얼굴로, 꽃과 나를 번갈아 보았지요. 그의 커다란 눈동자에 어린 순진한 호기심이 나를 웃게 만들었습니다. 내가 웃자, 영문도 모른 채, 그도 마주 웃어주었지요.

그때부터 매일 저녁, 나는 그 카페에 들러 꽃을 팔고, 빵을 얻고, 그의 무대가 끝나기를 기다렸어요. 가난한 연인이었던 우리는, 팔다 남은 꽃과 빵을 들고 강가의 벤치로 가서, 몇 시간씩 함께 앉아 있었답니다. 가끔 카페의 주인은 우리를 위해 작은 와인 한 병을 선물로 주기도 했지요. 그런 날이면, 우리는 작은 축제를 열었어요. 꽃을 강 위로 던지고, 와인을 홀짝이고, 빵을 뜯어 먹고, 수줍은 입맞춤을 나누고, 별과 달을 바라보며 소원을 빌었답니다.

그 불행한 사고가 일어난 것은, 그로부터 한 달쯤 지난 후였습니다. 그날은 아주 운이 좋았어요. 나는 꽃을 거의 다 팔았고, 그는 모처럼 사람들을 웃게 만들었고, 기분이 좋아진 주인은 우리에게 와인 한 병과 작은 케이크까지 주었거든요. 밤하늘에는 별들이 조잘조잘 소란을 떨었고, 강물은 찰랑찰랑 발목을 간질였습니다. 소원을 빌 필요조차 없는, 완벽한 봄밤이었어요. 나는 그가 무대에 오를 때 소품으로 사용하는, 우스꽝스러운 빨간 코를 가지고 놀고 있었어요. 빨간 코를 공중으로 던졌다가 두 손으로 받아내는 그 놀이를, 나는 썩 잘했답니다. 딱 한 번, 그래요, 딱 한 번 놓쳤을 뿐이에요. 떨어지던 빨간 코는 나의 새끼손가락을 스치고 강물에 빠졌지요. 그러고는 금세 강물의 흐름에 밀려, 둥둥 떠내려갔어요.

"걱정 마. 수영이라면 자신 있으니까."

그는 활짝 웃으며, 겉옷을 벗었어요. 추운 날도 아니어서, 나는 아무것도 걱정하지 않았지요. 철퍽철퍽, 그가 물을 밟으며 강으로 들어갔고, 곧 두 팔로 물살을 가르는 소리가 났답니다. 나는 기다렸어요. 그가 돌아올 때까지. 그가 내게 돌아와, 다시 한 번 두 팔로 나를 안고, 내 뺨에 자신의 뺨을 비비며, 나에게서 꽃향기가 난다고 속삭여줄 때까지.

이것으로 나의 이야기는 끝이랍니다. 그가 돌아올 때까지, 나는 그를 대신해서 이 무대에 서게 되었지요. 여기, 그를 닮은 어릿광대 인형과 함께요. 나는 광대가 아니고, 그래서 여러분을 웃게 만들 수가 없기 때문에, 어쩔 수 없이 슬픈 이야기를 할 수밖에 없었답니다. 무대에서 내려가야 할 시간이 되었네요. 이제 강가로 가서, 그를 기다릴 거예요.

나는, 광대의 여인이니까요.

꽃 파는 소녀가 무대에서 내려오자, 물결 같은 슬픔이 사람들 사이로 퍼져나갔다. 여자들은 손수건을 꺼내어 눈물을 닦고, 남자들은 코를 풀었다. 그리고 모두들 지갑에서 돈을 꺼냈다. 소녀의 바구니에 가득했던 꽃들은, 금세 사람들의 손으로 옮겨갔다. 소녀는 주인에게 다소곳이 인사를 하고, 빵과 와인을 받아 강가로 달려갔다. 한때 광대였던 소녀의 연인이 그녀를 기다리고 있었다. 분장을 지우면 아무도 알아보지 못하는 남자, 그리고 그의 여인은 은밀한 미소를 나누고, 와인을 땄다. 소녀는 빨간 코를 높이 던졌고, 두 손으로 능숙하게 그것을 받았다. 언제나 그랬듯이, 단 한 번도 놓치지 않고.

「광대의 여인」

에우게니우슈 자크(Eugeniusz Żak, 1884~1926) ─ 폴란드의 유대인 가정에서 태어나 바르샤바에서 교육을 받은 후 1902년, 파리로 건너갔다. 이듬해에 일 년 정도 이탈리아와 독일의 뮌헨 등을 여행하고 다시 파리로 돌아와 가을 살롱에 그림을 전시했고, 2년 후에는 이곳의 심사위원이 되었다. 빠른 속도로 명성을 얻은 그는 폴란드 화가들을 여러 방면으로 도와주었으며 아카데미 라 팔레트의 교수로 재직하다가 결혼 후, 가족과 함께 폴란드로 돌아갔으나 마지막에는 파리에서 죽었다. 독특하고 대담한 컬러, 목각인형을 연상시키는 인물 등이 그의 그림의 특징이다.

내가 아는 건, 인생이란

견디면서 기다리는 거라는 거야.

기다리는 게 온다고 해서

행복해지는 것도 아니지.

그래, 이전에 나는 잊기 위해 글을 썼네.

무언가를 끝내려고. 아니면

기억하기 위해 글을 썼지.

무언가를 붙잡으려고.

사랑의 몹쓸 증거

"선생님, 고개를 조금만 앞쪽으로 돌려주시겠습니까? 예, 그렇죠. 왼쪽 손등이 살짝 보이도록, 예, 좋습니다, 선생님. 잠시만 그대로……"

찰칵, 찰칵, 찰칵. 경쾌한 셔터 소리가 작업실을 채운다. 조명은 눈 부시고 공기는 탁하다. 손가락 사이에 긴 펜이 무겁게 느껴진다. 내 눈은 아마 붉게 충혈되어 있을 것이다. 오늘은 낮잠을 자지 못했다. 점심시간 직후에 이 사람들이 몰려와 한 시간째 사진을 찍고 있다. 아직 인터뷰는 시작도 하지 않았다. 피곤하다. 나의 굳은 몸은 굳은 자세를 유지하느라 뼛속까지 뻣뻣해졌다. 찰칵, 찰칵, 찰칵. 그 소리는 영원히 끝나지 않을지 도 모르겠다는 생각을 한다. 세상에 영원이라는 게 없다는 것을 일생 학 습했으면서도, 인간은 이다지도 쉽게 헛된 상념에 빠진다.

"저기, 선생님, 괜찮으세요?"

깜박, 졸았을지도 모르겠다. 스무 살, 아니 서른 살 정도나 되었을 까? 모르겠다. 젊은 여자들은 다 비슷비슷해 보이고, 그저 다 젊은 여자 다. 그런 젊은 여자 하나가 내 앞에 서 있다. 사진을 찍는다고 소란을 피 우던 사람들은 사라졌다.

"좀, 피로하군."

내 말에, 여자는 걱정스러운 표정으로 내 안색을 살핀다. 그리고 조 심스럽게 뜨거운 차 한 잔을 따라, 내 앞으로 밀어준다.

"그래, 뭐가 궁금한가."

찻잔에서 피어오르는 하얀 김, 그리고 나지막한 향에, 마음이 편안 해진다. 그런데 이 여자는 언제 차를 끓인 걸까. 그리고 뭐가 궁금한 것 일까. 이제 와서. 새삼스럽게. 그토록 많은 말을 세상에 쏟아놓은 나에 대해.

"몇 가지만 여쭙겠습니다. 이전에 선생님께서 이런 말씀을 하셨어요. '무엇인가가 끝이 났을 때, 나는 글을 쓴다. 글을 쓰는 동안에는, 그 무엇은 끝나지 않으니까.'"

여자의 목소리는 석류의 속살처럼 붉고 탐스럽다. 이런 나이에 이런 여자와 인터뷰를 해야 하다니, 인생이란 건 마지막까지 상당히 잔인한 구석이 있다. 인생의 입장에서는 나름대로의 유머라고 우길지도 모르겠지만. 그러고 보니 기억이 난다. 언젠가 그런 소리를 한 적이 있다. 멋진 말이었다. 진실은 아니었는지 몰라도. 그러니까 말하자면, 이 여자는 나에게 끝에 대해 묻고 있는 것이다. 역시, 인생의 잔인한 유머다.

"그렇게 해서 끝난 게 무엇이냐고 묻고 싶은 건가? 아니면 아직도 끝나지 않은 게 무엇이냐고 묻고 싶은 건가?"

여자는 당황하여 얼굴을 붉힌다. 예나 지금이나 나는 친절하고 다정한 사람이 아니다. 나이가 들면서 무뎌진 부분도 있지만, 오히려 날카로워진 것들도 있다. 물론 나는 여자를 공격할 작정은 아니다. 그건 차라리 나에게 던지는 질문이라 해야 할 것이다. 어쩌면 여자가 그 답을 줄지도 모른다는 은근한 기대도 있다.

"선생님……"

여자는 난처한 듯 나를 본다. 저러다 울음이라도 터뜨리면 어떡하나. 슬쩍 겁이 난다.

"그러니까, 제가 여쭙고 싶은 건, 저기, 그 무엇에 대해 아무리 긴 글을 써도, 그건 어떤 식으로든 마무리가 되는 거니까, 그러고 나면, 아무것도 남지 않는 것인지, 이를테면, 무언가가 이 세상에 존재했다는 증거는, 글 속에만 있는 것인지, 그렇다면 글을 제외한 세계의 대부분은, 우리는 무엇을, 그 허상을 어떻게…… 죄송해요, 선생님……"

여자의 두서없는 이야기가 안쓰러워, 나는 하나의 문장을 만들어낸다. 내겐 어려운 일도 아니므로.

"의지라거나 의미, 삶이라거나 사랑 같은 것, 순간에서 발현하고 사라지는 것, 그것을 붙잡으려 하는 게 인간인 거지."

여자의 커다란 눈망울 끝에 투명하게 매달린 눈물에 초점을 맞추고, 나는 천천히 말을 잇는다.

"나는 어떻게 살았나. 어디에서 무엇을 하고, 누구를 만나고, 무슨 일을 하며, 내게 주어진 시간을 흘려보냈나. 어떤 사랑을 했나. 사랑을 하긴 했나. 그 증거는 어디에 있나. 그렇다네. 모든 것이 허상이라네. 글이란 것도 누군가의 마음과 부딪히면서 모양이 변하고 색이 변하는 것이지. 애초의 이미지란 어디에도 남아 있질 않아. 나한테서 무슨 답을 원하나? 그래도 인생이란 살 만한 것이다? 모르겠네. 내가 아는 건, 인생이란 견디면서 기다리는 거라는 거야. 기다리는 게 온다고 해서 행복해지는 것도 아니지. 그래, 이전에 나는 잊기 위해 글을 썼네. 무언가를 끝내려고. 아니면 기억하기 위해 글을 썼지. 무언가를 붙잡으려고."

너무 많은 말을 하고 있다고, 제대로 된 문장도 아니며 맥락도 닿질 않는다고, 나는 생각한다. 여자는 작고 하얀 손을 뻗어, 주름투성이의 내 손을 덮는다. 보드랍고 따뜻한 손이다.

"나는 한때 젊었고, 사랑을 했다네. 자네처럼 말이야. 믿을 수 있겠나?"

나의 목소리는 천 년 묵은 나무의 껍질처럼 거칠게 갈라진다. 예기치 않았던, 탁하고 뭉클한 슬픔이 밀려온다. 나는 그 슬픔이, 보드랍고 따뜻한 여자의 손 탓이라고 생각한다. 그 슬픔이, 한때 내가 젊었다는, 그리고 사랑을 했다는, 몹쓸 증거라고.

「책상 앞에 앉은 성 바울」

렘브란트 판 레인(Rembrandt Harmenszoon van Rijn, 1606~69) — 네덜란드 레이던에서 제분업자의 아들로 태어났다. 어린 시절에 미술교육을 받았고, 열아홉 살에 아틀리에를 연 이후 독학으로 그림을 그렸다. 암스테르담에서 초상화 화가로 명성을 누렸으나 내면에 대한 관심과 갈증이 깊어져 종교적, 신화적 소재를 다룬 그림과 자화상으로 분야를 옮겨갔다. 이후 세속적인 성공과 멀어지고 생활 형편이 어려워졌는데, 그의 위대한 작품들은 대부분 이 시기에 제작되었다. 1956년 파산 선고를 받고 저택과 미술품 등을 잃었으며 아들과 두 번째 아내를 떠나보낸 후 초라한 집에서 홀로 임종을 맞았다. 하지만 시대를 초월한 그의 유화, 에칭, 소묘 등은, 오늘날 그를 유럽 회화의 위대한 화가 중 한 명으로 만들었다.

그리고 이제 아내의 정원에 앉아,
후회에 몸을 묻고
나날을 보내고 있다네.
그런 나를 위로해주는 것은
그녀가 남긴 식물들이라네.
사람이 아니라 식물에 의지하는 것이
가능할 수도 있다는 사실을,
나는 차츰 깨달아가고 있어.

아
내
의

정
원

내 인생에는 말이야, 이렇다 할 만한 사건은 두 가지밖에 없었네. 하나는 너무 일찍 일어났고, 다른 하나는 너무 늦게 일어났지. 이를테면 내 인생의 연인을 만났을 때, 나는 나 아닌 다른 사람을 감당할 준비가 전혀 안 되어 있었네. 그러니까 타인에게는 타인의 가치관이 있고, 타인의 삶이 있고, 타인의 방식이 있다는 것을 믿지 않았던 거야. 아니, 이기적이라거나 자기중심적이라는 의미와는 조금 다르다네. 그저 나의 기준을 모든 사람에게 적용시켰고, 내가 이러니 그 사람도 그럴 거라고 생각했던 거지.

그렇게 단순하고 무지한 나를 계몽시키기에, 그녀는 지나치게 순수했고, 다른 의미에서 역시 무지했다네. 내가 그녀의 사랑을 갈구하며 끈질기게 구애했던 건, 어쩌면 그 때문이었을 거야. 나에게 결핍되어 있는 요소들, 그러니까 티끌 같은 의심도 품지 못하는 천진하고 무구한 마음과 모든 것에서 아름다움을 찾아내는 빛나는 영혼에 미친 듯이 이끌린 거지. 나는 어렸지만, 혹은 어렸기 때문에, 이것이 내 생애 최초이자 최후의 사랑이라 믿었고, 그 믿음을 관철시키고 말았다네.

우리는 같은 극단에 소속되어 있던 배우였어. 결혼식을 마친 후, 짧은 허니문을 끝내고 돌아오는 길에, 나는 그녀에게 일을 그만두라고 말했다네. 그녀는 조금 놀란 표정을 짓더니, 이유도 묻지 않고 고개를 끄덕였어. 그렇게 하여 무대 위에서 작은 새처럼 아름답게 날갯짓을 하던 그녀는 가정이라는 새장 안에 갇히게 되었네. 그 가엾은 작은 새는 매일 대부분의 시간을 혼자 보내야 했지. 결혼 전까지만 해도 나는 무명이었지만, 결혼 후에 운이 따랐는지 여러 가지로 일이 잘 풀려서, 아침부터 연습을 하고 저녁마다 무대에 서야 했거든. 하지만 그녀는 불평 한 번 하지 않았지. 만약 그녀가 다른 여자들처럼 종알종알 불만이라도 늘어놓았다면, 나도 이상한 상상 같은 건 하지 않았을 거야. 아아, 그녀를 원망하는 건 아니야. 내가 그만큼 어리석었다는 거지.

꿈같은 몇 달이 지나가고, 우리는 넓은 저택으로 옮겨갔어. 형편이 좋아지고 여유가 생기기 시작하자, 뭐 하나 곧이곧대로 믿는 법 없이 우선 의심부터 하는 나의 고질병도 도지기 시작했다네. 어째서 내 아내는 하루 종일, 혼자, 집에 틀어박혀 있으면서, 저렇게나 행복한 표정으로 생글생글 웃으며 나를 대하는 걸까? 어째서 자신과 시간을 조금 더 보내달라고 조르지 않는 걸까? 왜 아내는 행복해 보이는 걸까?

처음 그런 이야기를 아내에게 했을 때, 아내는 자신의 기쁨은 오로지 나를 뒷바라지하고 정원을 가꾸는 거라고 말했다네. 하지만 내가 그녀에게 행복을 가져다주고 있지 않다는 건 불 보듯 빤한 사실이었어. 게다가 정원이라니. 도대체 누가 그런 걸로 행복해질 수 있나? 나는 도무지 이해할 수가 없었네.

우리 극단에, 나와 친하게 지내던 친구가 하나 있었네. 결혼 전에는 그녀와 나, 그 친구, 셋이서 종종 어울리곤 했지. 비슷한 시기에 입단을 한 데다가 나이도 엇비슷했거든. 내가 그녀와 결혼한 다음에는 가끔 그 친구를 저녁식사에 초대하기도 했지. 솔직히 그건 우정에서 비롯되었다기보다, 아름다운 아내와 멋진 집을 자랑하고 싶은 마음 때문이었어. 하지만 뭔가 석연치 않은 마음이 한 번 일어나자, 그 친구를 보고 내 아내가 유난히 반가워하는 게 눈에 거슬리기 시작하는 거야. 그리고 그 의심은 점점 확신이 되었다네.

나는 최대한 냉정하고 이성적으로 아내를 추궁했네. 아내는 처음에 무슨 말인지 못 알아듣는 눈치였는데, 나는 그걸 깜찍한 발뺌이라고 받아들였지. 놀란 아내가 당황하면 꼬리를 잡혀 그런 거라고 생각했고, 애를 써서 해명을 하면 변명으로 여겼어. 아내의 눈물도 내 마음을 바꾸지는 못했다네. 여자의 눈물 같은 건 절대 믿으면 안 된다고 들었으니까. 결국 지친 아내는 마지막 방법을 썼네. 내 친구에게 도움을 청한 것이지. 나에게 자신이 결백하다는 것을 말해달라고 말이야.

내 친구는 서러움과 억울함에 북받쳐 눈물을 펑펑 쏟는 내 아내를 위로하며, 어떻게든 나를 설득해보겠다고 그녀에게 약속했네. 하지만 내 귀에 친구의 말이 들릴 리가 없었지. 아니, 오히려 친구의 이야기가 나의 의심에 더 큰 불을 붙였고, 내가 날뛸수록 두 사람은 서로를 의지하게 되었네. 그러니까 그 두 사람이 서로의 처지를 동정하고, 이해하고, 그러다가 결국 사랑에 빠진 것은, 전적으로 나의 잘못이라네.

그리고 어느 날, 아내는 집을 나갔어. 그 친구도 극단을 그만두고 어디론가 가버렸어. 그 두 사람이 함께 떠났다는 건, 일곱 살 난 어린아이도 알 수 있을 만큼 분명한 사실이었지.

나의 이야기는 이게 다라네. 다른 한 가지 사건? 아아, 너무 늦게 일어난 일? 그야, 당연히, 후회지. 인생에서 너무 늦게 일어나는 일이 후회 말고 또 뭐가 있겠나. 그것 말고 다른 일들은 좀 일찍 일어나거나 그럭저럭 때에 맞춰 일어나거나 아예 일어나지 않거나, 죄다 그런 식이야. 하지만 후회란 잔인하게도, 늦게 일어날뿐더러 돌이킬 수도 없지.

아내가 떠난 날 이후, 단 하루도 후회하지 않았던 날이 없었다네. 생각할수록 모든 것이 명명백백하게 나의 잘못이었고 나의 오해였고 나의 무지와 편견에서 비롯된 일이라는 것을 깨닫게 되었는데, 할 수 있는 일은 아무것도 없었으니까. 내가 그렇게 심한 상처를 준, 내가 가장 사랑하는 사람에게, 무릎 꿇고 용서를 빌 수조차 없으니까.

단 한 가지, 내가 옳았던 것은 있었네. 그녀는 역시 내 인생 최초이자 최후의 사랑이었어. 그리고 이제 아내의 정원에 앉아, 후회에 몸을 묻고 나날을 보내고 있다네. 그런 나를 위로해주는 것은 그녀가 남긴 식물들이라네. 사람이 아니라 식물에 의지하는 것이 가능할 수도 있다는 사실을, 나는 차츰 깨달아가고 있어. 그렇다네. 애초에 나는, 사람이 아니라 그저 식물 같은 것이었어야 했네. 그랬다면, 아무것도 바라지 않고 언제나 그 자리를 지키며, 사소한 행복에 몸을 떨고 스스로 빛나는 것이 사랑이라고, 믿을 수도 있었을 텐데.

「정원에서」

외된 마르피(Ödön Márffy, 1878~1959) — 헝가리 부다페스트에서 태어나 파리에서 미술 수업을 받았다. 이 시기에 세잔, 마티스, 보나르 등의 작품을 접하고 감명을 받았으며, 프랑스 화가들, 헝가리 아티스트들과 교유하게 되었다. 1907년, 부다페스트로 돌아와 파리에서 그린 그림들로 전시회를 열어 좋은 평가를 받았다. 1909년, 부다페스트를 중심으로 활동하던 헝가리 화가들과 함께 '더 에이트(The Eight)'라는 그룹을 만들고 아방가르드 예술 운동을 전개하며 입체파, 야수파의 화풍을 헝가리에 소개했다. 부드럽고 장식적인 터치로 정원과 해변, 누드와 정물화 등을 그렸으며 부다페스트에서 세상을 떠났다.

높은 천장이 있고, 거친 바닥이 있고,
책들이 가득 꽂힌 서가가 있고,
작은 피아노가 있고, 검소한 액자가 있다.
딱딱한 의자는 하나로 족하다.
한 여자의 뒷모습이 가구처럼,
기둥처럼 서 있다. 여자는 아마
책을 읽고 있는 중일 거라고,
그녀는 생각한다.

미래의 뒷모습

그녀는 사람을 그다지 좋아하지 않았다.

　그 사실을 깨닫게 되기까지는 꽤 많은 시간이 걸렸다. 어린 시절에는 친구들과 어울리지 않고 따로 노는 것은 나쁜 짓이라고 생각했다. 집에서도 학교에서도 '친구들과 사이좋게 지내기'를 강요했다. 아이들과 같이 노는 게 싫지는 않았다. 그러나 혼자 있는 시간 속에는 좀 더 결연하고 밀도 높은 충만함이 있었다. 그렇다고 그녀가 그것을 소유하기 위해 애를 쓴 것은 아니다. 혼자서 충만해진다는 것에 대한 죄책감이 들었고, 부모님과 선생님을 실망시키고 싶지도 않았다. 그녀는 순순히 아이들과 어울렸다. 가끔 찾아오는 납득할 수 없는 결핍을 제외하면, 나쁜 시절은 아니었다.

대학 시절은 혼란한 껍질에 싸여 있는 고요한 열매 같았다. 그녀는 언제나 사람들에게 둘러싸여 있었고, 언제나 혼자만의 생각에 잠겨 있었다. 세계는 양분되었지만, 그것이 어색하고 불편하게 여겨지지는 않았다. 사람들과의 세계와 자신만의 세계 사이에는 튼튼하고 높은 담이 있었기 때문이다. 문도 창도 없는 담이었다. 누구도, 무엇도, 어떤 상황도 담을 통과하거나 넘을 수 없었다. 그녀가 사람들을 피하지 않았던 건, 오히려 그들 안에 적극적으로 섞여 들어갔던 건, 담의 존재가 있었기 때문이었다. 조금 더 설명을 덧붙이자면, 그 담은 콘크리트나 벽돌 같은 재료로 만들어진 것이 아니었다. 그건 이를테면 물이나 공기에 가까운 무엇이었다. 그녀는 마음속으로 담을 떠올리며 물이나 공기처럼 사람들 사이를 통과했다. 그녀는 누구에게도 자취를 남기지 않았고, 마찬가지로 누구도 그녀에게 자취를 남길 수 없었다.

사회생활을 시작했을 때, 그녀의 담은 보다 아름답고 정교해졌다. 어떤 이들은 그녀가 따뜻하다고 했고 다른 이들은 그녀가 차갑다고 했지만, 둘 다 그리 큰 문제가 되지는 않았다. 그녀는 남들보다 조금 높은 체온, 조금 낮은 온도의 심장을 지니고 있었고, 그것을 이해하는 사람이 아무도 없다는 사실에 실망하지도 않았다. 그녀는 정기적으로 사람들을 만나고, 집으로 돌아와 조용히 담과 동화되었다.

시간이 흘러갔다. 물처럼 공기처럼, 가끔 그녀를 찾아왔다 떠나가는 몇 번의 사랑처럼. 어느 날 문득 머리를 빗다가, 그녀는 생각했다. 나는 사람을 그다지 좋아하지 않는 거야. 뒤늦게 찾아온 각성이 놀랍지는 않았다. 그녀가 찍은 사진 속에는 사람의 그림자가 없었고, 그녀가 그린 그림 속에는 사람의 흔적이 없었다. 그녀가 만든 노래는 온통 풍경과 이미지로 채워져 있었고, 그녀가 걸어온 발자국은 언제나 사람들의 반대편을 향해 나 있었다. 지극히 당연한 결론이었고, 엄연한 현실이었다.

그렇다고 사람을 피하겠다거나 도시를 떠나겠다는 결심을 해야 할 필요는 없어, 그녀는 생각했다. 그녀는 대신, 지금까지 한 번도 그려보지 않았던 먼 미래를 떠올려보았다. 그것은 하나의 풍경이었다. 높은 천장이 있고, 거친 바닥이 있고, 책들이 가득 꽂힌 서가가 있고, 작은 피아노가 있고, 검소한 액자가 있다. 딱딱한 의자는 하나로 족하다. 한 여자의 뒷모습이 가구처럼, 기둥처럼 서 있다. 여자는 아마 책을 읽고 있는 중일 거라고, 그녀는 생각한다. 어딘가에서 굴러다니던 책을 서가에 꽂기 위해 들고 오다가, 불현듯 책장을 열었을 거라고, 그 갈피 안에 머물러 있는 하나의 기억이 여자를 멈추게 했을 거라고, 그리하여 아득한 옛날, 아득한 그리움, 아득한 명멸의 순간으로 여자는 이끌려간 것이라고.

그녀는 여자가 먼 미래의 자신일 거라고 생각했다. 먼 미래의 조금 더 나이 든 자신이, 잠깐 먼 과거로 돌아간 거라고, 모든 것이 텅 비어 있지만 그 텅 빔은 실은 가득 차 있는 거라고, 쓸쓸함과 평화가 물처럼 공기처럼 그 속을 흐르고 있는 거라고, 생각했다.

　　그녀는 사람을 그다지 좋아하지 않았다. 자기 자신까지 포함하여, 모든 사람이 영 불편하고 어색했다. 그녀는 그리하여 하나의 풍경 안에 녹아들어갔다. 텅 빈 마음에 박힌 못 하나처럼 살다가, 텅 빈 공간에 박힌 못 하나가 되었다. 쓸쓸하고 평화롭고 그리하여 마침내 완벽해진, 뒷모습이 되었다.

「피아노와 검은 옷을 입은 여인이 있는 실내, 스트란가데 30번지」

빌헬름 함메르쇠이(Vilhelm Hammershøi, 1864~1916) — 덴마크 코펜하겐의
부유한 중산층 집안에서 태어난 함메르쇠이는 어릴 때부터 미술교육을 받았다.
왕립미술학교에 다니며 그보다 자유로웠던 자율학교에서도 공부했다.
스물한 살 때 여동생을 모델로 한 「어린 소녀의 초상」을 전시회에 출품하면서
공식적인 활동을 시작했다. 1898년에서 1909년 사이, 함메르쇠이는 그의 아내
아이다와 함께 스트란가데 30번지에서 살았다. 이전까지는 인물과 풍경을 주로
그렸는데, 이곳에 거주하기 시작한 다음부터 실내 풍경이 그의 주요 테마가 되었다.
대부분 소박한 방의 간소한 가구들을 그린 그림이었고, 가끔 고개를 돌리거나
등을 보이고 있는 사람이 포함되어 있었는데, 모델은 주로 그의 아내였다.
고요하고 간결한, 별다른 장식 없는 방 속에 아무런 미동도 없이 서 있는 여인은,
마치 방의 일부처럼 보인다.

그녀가 노래한 것은 언제나 희망이었지
반짝이는 것과 따뜻한 것이 그녀를 키웠으므로
푸른 가지마다 매달아놓을 것이 많았지
그러나 겨울은 한없이 깊어가고
가시처럼 음흉한 가지들이
문득 그 노래를 그치게 할 때
따뜻한 마음과 반짝이는 눈빛이 얼어붙을 때
무정한 눈과 바람이 모든 길을 감출 때

그녀는 알게 되었지
희망이란
까만 하늘에 박혀 있는 수억 개의 별이 아님을
가장 깊고 어두운 우물 속에 감추어진
단 하나의 사람
단 하나의 생명이라는 것을
지상의 모든 노래가 사라질 때
비로소 불러야 할 이름이라는 것을

성장

거울이 깨지는 건 불길한 징조라는
이야기를, 그녀는 수없이 들었다. 하지만
지금 그녀를 꼼짝없이 사로잡고 있는 건
그런 불길함이 아니었다. 그건
그녀의 일상이, 그녀의 삶이,
그녀의 모든 것이 깨어지는 소리였다.

거
울

'나는 마치 누군가 박다 만 못과 같아.'

그녀는 생각했다. 이쯤에다 못을 박고 기분 좋은 그림 하나 걸어두
면 좋겠다, 싶어 망치로 쾅쾅 못을 박다가, 중간에 마음이 바뀌어 그대
로 내버려둔 못. 못을 박던 사람은 잠깐 고민하다, 이왕 반쯤 박힌 못을
그 자리에 두기로 한다. 혹시 나중에 쓸 데가 있을지도 몰라, 어차피 아
무도 주목하지 않는 벽이니까 그리 눈에 거슬리지도 않고, 변명하면서.

'그래서 나는 거기 그냥 남겨진 거야. 조금 흔들거리면서, 조금 비뚤
어진 채로. 아무것도 걸 수 없고, 그렇다고 누군가의 눈에 띄지도 못하
고, 못을 박던 사람조차 까마득하게 잊어버린 거야.'

그녀는 거울에 비친 자신의 모습을 바라보며, 자신에게 주어진 단
한 번의 삶이 이렇게 무미해도 되는 걸까, 생각했다. 그녀의 눈은 별이
반짝일 만큼 크지도 않았고 그렇다고 눈웃음이 어울릴 만큼 작지도 않
았다. 그녀의 코는 날렵하지도 부드럽지도 않았고, 그녀의 입술은 붉지
도 창백하지도 않았다. 그녀의 머리카락은 햇살처럼 관능적인 금발도 아
니었고 밤처럼 탐스러운 흑발도 아니었다. 그녀가 가진 모든 것은 죄다
조금 넘치거나 조금 부족했다. 그래서 그 어떤 자리에서도 도무지 빛이
나질 않았다.

'그러니까 누군가 끓여놓고 마시지 않은, 식어버린 차 같은 인생이야.'

그녀는 그런 식의 비유를 백 개도 들 수 있을 것 같았다. 선물로 받
았는데 한 번도 껴안아주지 않았던 곰 인형이라거나, 반쯤 남은 생일 케
이크라거나, 크리스마스 다음 날에 흘러나오는 캐럴 같은 거. 그러고 보
면 세상에는 그렇게 어정쩡한 존재들이 많기도 하네, 그녀는 생각했다.
대부분의 세상은 그런 것들로 채워져 있는데, 온 세상은 높이 솟아올랐
거나 유난히 빛나거나 뾰족하게 튀어나온 것들을 칭송한다. 어정쩡한 존

재들이라고 해서, 어정쩡하게 살아가는 것을 원하는 것도 아닌데 말이다.

'차라리 운명이 조금 더 공을 들여 세밀한 계획을 짜고, 끔찍한 모략으로 나를 몰아넣었기라도 했다면, 난 내 영혼을 다그쳐 운명과 싸워갈 수도 있었을 거야.'

말하자면 그녀는 사연이 없는 여자였다. 사연이 없으니 숨겨야 할 비밀도 없었다. 은밀한 비밀을 액세서리처럼 걸치고 알 듯 모를 듯 묘한 미소를 짓는 여자들은 언제나 남자들에게 인기가 많았다. 남자들은 그녀들의 속내를 알고 싶어 안달하며, 갖은 선물과 찬사를 바쳤다. 매력적인 여자들은 그것에 대한 보답으로 슬쩍 한 꺼풀을 벗어 보이기도 하지만, 그런 여자들은 양파처럼 여러 겹의 껍질을 갖고 있게 마련이다. 남자들은 기껏 애통한 눈물이나 흘릴 수밖에 없는 것이다.

'만약 저 하늘 위에 어떤 절대적인 존재가 있어서 지구 위에서 개미처럼 부지런히 오가고 있는 수많은 인간들의 삶을 지켜보며 빛이라거나 사랑 같은 것을 뿌려주고 있다면, 그 절대자는 나를 오래도록 잊고 있는 것이 틀림없어. 만약 그 절대자가 뭔가를 잊어버릴 만큼 멍청하지 않다면, 이렇게 평범한 나를 지켜보는 게 지겨워서, 다른 곳으로 눈길을 돌려버린 거야. 나라도 그럴 테니까.'

그녀는 거울을 외면하고, 천천히 일어섰다. 이렇게 어정쩡한 존재에게도 뭔가를 갈구하는, 누군가를 흠모하는 마음은 있는 법이다. 여느 때처럼 몇 발자국이나 떨어져 바라보는 것 외에 다른 방도는 없다 해도, 여전히 아무 일도 일어나지 않은 하루를 삼키며 잠자리에 든다 해도, 감히 기대하는 마음을 품어볼 수도 있는 법이다. 그건 박히다 만 못, 식어버린 차, 외면당한 곰 인형, 유통기간이 지난 생일 케이크, 그리고 이미 싫증이 나버린 캐럴이 시닐 법한, 마지막 희망이었다. 누군가에게는 초라하겠으나 자신에게는 벅찬 기대를 조심스럽게 품고, 그녀는 옷장과 서랍을 뒤져 드레스와 목걸이를 골랐다. 보석함에서 반지와 레이스 달린 리본을 꺼내고, 보드라운 구두를 손질했다. 자신의 이니셜이 새겨진 손수건은 누군가 붉은 와인을 흘렸을 때 내어주면 좋으리라. 그녀의 심장 박동이 조금 빨라졌고 두 뺨에는 홍조가 떠올랐다. 그녀의 기대가 가엾도록 평범한 것이라 해도, 그것을 품는 것만으로 그녀는 조금쯤 다른 존재가 될 수 있었다. 그녀의 움직임이 차츰 경쾌해졌고 드레스 자락은 이토록 평이한 일상을 깨뜨리겠다는 듯 크고 작은 포물선을 그리며 나풀거렸다. 그때였다. 테이블 위에 놓여 있던 조그마한 거울이 쿵, 하고 떨어진 것은.

그녀는 벼락이라도 맞은 것처럼, 꼼짝도 못하고 주저앉았다. 거울이 깨지는 건 불길한 징조라는 이야기를, 그녀는 수없이 들었다. 하지만 지금 그녀를 꼼짝없이 사로잡고 있는 건 그런 불길함이 아니었다. 그건 그녀의 일상이, 그녀의 삶이, 그녀의 모든 것이 깨어지는 소리였다. 고통도 기쁨도 없었던, 끔찍하게 지루한 날들의 반복이, 그녀를 묶어두었던 마법이 부서지는 소리였다.

그녀는 찬찬히 거울 속의 자신을 바라보았다. 수십, 수백 조각의 그녀가, 수십, 수백 가지의 모습으로, 거울 속에서 반짝였다. 그녀는 조심스럽게 깨어진 거울의 한 조각을 집어 들었다. 그녀의 입가에 조용하고 은밀한 미소가 떠올랐다. 어쩌면 오늘밤, 누군가 그 미소의 흔적을 알아차리리라. 그러면 그녀는, 자신의 한 조각을 살짝 그의 심장에 박아넣을 것이다. 그는 그것 때문에 아마도 심장이 아플 것이고, 아마도 누군가 그리울 것이고, 아마도 그녀의 비밀을 알고 싶어 애를 태우리라. 그토록 평범해 보이는 그녀가 말할 수 없이 신비로운 부분들로 이루어져 있다는 사실에, 경탄하고 탄식하며.

「깨진 거울」

장-밥티스트 그뢰즈(Jean-Baptiste Greuze, 1725~1805) — 프랑스의 투르뉘에서 태어나 파리에 정착했다. 고전적인 화풍과 소재를 택하는 대신 당시 파리의 풍속과 소녀의 초상화를 주로 그려 인기를 얻었다. 18세기 유럽의 대표적 화가 중 한 사람으로 불리며 동시에 교훈적인 주제를 그림에 담았던 화가로 평가받는다. 그뢰즈가 보여주는 부르주아의 욕망 안에는 천진하고 통속적이고 과장된 감성이 녹아 있는데, 그 자체가 또한 역설을 불러일으켜 묘한 기분을 느끼게 한다. 생의 마지막에 이르러 그뢰즈는 가난과 병에 시달렸고, 사기 사건에 휘말렸으며, 아내가 재산을 빼돌려 노망가는 등의 불운을 맞았다.

눈을 감으면 보이고, 눈을 감으면
들리고, 눈을 감으면 안다.
현실은 보지 못했을지 몰라도,
감은 눈으로 그녀는 언제나
더 중요한 것을 보았다.

눈을 감으면

"눈을 감으면 보입니다."

　낯선 이에게 그 말을 처음 들었을 때, 그녀는 미소를 지었다. 겉으로 보기에는 부드러운 미소였지만, 그녀의 속마음은 그리 부드럽지 않았다. 이 사람은 여태까지 내 말을 하나도 듣지 않았어. 줄곧 다른 생각을 하고 있었던 거야. 그러다 내 말이 끝나자, 뭔가 그럴 듯한 이야기를 해야겠다는 생각이 든 거지. 눈을 감으면 보인다니, 그게 무슨 소리야.

　다른 때와 달리 그녀가 날이 선 반응을 하게 된 데에는 이유가 있었다. 무엇보다 낯선 이에게 속내를 털어놓은 자신을 용서할 수가 없었다. 오다가다 만났으니 오다가다 헤어질 테고, 두 번 다시 볼 일도 없을 텐데, 가볍고 즐거운 농담이나 주고받으면 그만인데, 어쩌다가 깊고 무거운 이야기를 그와 나 사이에 놓게 되었는가. 특별한 계기가 있었던 것도 아니다. 굳이 따지자면, 이즈음에 들어 누군가에게 이해받고 싶다는 욕망이 부쩍 강해진 탓이라 할 수도 있겠지만, 그렇다고 아무에게나 칭얼거릴 일은 아닌데. 그녀는 입가에 매단 미소를 조용히 거두고 그 자리에서 일어나겠다는 표시로 가방을 집어 들었다.

오딜롱 르동, 「감은 눈」

"눈을 감으면 들립니다."

　낯선 이의 입에서 다시 한 번, 조용하지만 단호한 목소리가 흘러나왔다. 그녀는 주춤하고 가방을 놓았다가 다시 꽉 잡았다. 이 순간 가방만이 자신을 구원해줄 유일한 지푸라기라고 생각하면서. 잠깐 미간을 찌푸리고 생각을 한 다음, 그녀는 결심했다. 그냥 말해버리자. 어차피 다시 보지 않을 사람이니까. 낯선 이는 재촉하듯 그녀의 눈을 응시했다.

　저기, 제가 무슨 이야기를 했는지 아세요. 그녀의 목소리는 약간 갈라져 있었다. 낯선 이는 그것을 아는 듯 모르는 듯 고개를 끄덕였다. 아니, 전혀 모르시는 것 같은데요. 제 문제가 뭔지, 제가 무엇에 마음을 쓰고 있는지, 그쪽은 모르고 있어요. 듣지 않았으니까요. 낯선 이는 별다른 대답을 하지 않았고, 자신이 쏟아낸 말에 대해 당황한 채 그녀는 이야기를 계속해야 했다. 침묵 속에 갇힐 수는 없는 노릇이니까. 그러니까 저는, 태어나서 지금까지, 내내 눈을 감고 살았던 거라는 말을 하고 있었어요. 현실을 보지 않고, 꿈만 좋아왔다고. 그리고 이제 모든 사람들이 제게 말해요. 눈을 뜨고 눈앞을 보라고.

오딜롱 르동, 「감은 눈」

"눈을 감으면 압니다."

　반쯤 마신 커피 속에서 차가운 얼음 조각 하나를 건져 입으로 가져가며, 낯선 이가 말했다. 얼음 조각 때문인지 그의 발음이 흐려졌고, '압니다'는 '갑니다' 또는 '납니다'처럼 들렸다. 하지만 그녀는 그중 무엇도 마음에 들지 않았다. 아아, 정말 질색이야, 이런 선문답 같은 소리는. 속으로만 생각한다는 것이 입 밖으로 튀어나왔다. 이 세계를 다 볼 수 있습니까, 아니면 아무것도 보지 않을 수 있습니까. 그녀의 말을 들은 척만 척 낯선 이가 이야기를 계속했다. 저 창밖에서 차가 지나가는 소리, 누군가 고함을 지르는 소리, 바람이 부는 소리를 다 들을 수 있습니까, 아니면 아무것도 듣지 않을 수 있습니까. 지금 당신 앞에 앉아 있는 낯선 사람의 얼굴과 목소리를 다 알 수 있습니까. 마지막 질문은 어쩐지 그녀를 슬프게 했다. 아뇨, 그녀는 아무런 연고도 없는 슬픔에 잠기기 싫어 세차게 고개를 흔들었다. 무엇을 알고 싶은 겁니까, 아니면 무엇을 알기 싫은 겁니까. 굳이 대답할 필요는 없다는 듯, 낯선 이는 얼음 조각을 까드득 깨물었다.

오딜롱 르동, 「감은 눈」

알고 있었다. 누구보다 그녀는 잘 알고 있었다. 눈을 감으면 보이고, 눈을 감으면 들리고, 눈을 감으면 안다. 현실은 보지 못했을지 몰라도, 감은 눈으로 그녀는 언제나 더 중요한 것을 보았다. 가방을 쥔 손에 힘이 풀어졌다. 당신이 머물고 있는 세상이 꿈이라면, 그대로 놓아두십시오. 깨지 않아도 좋습니다. 낯선 이가 말했다. 힘을 내서 세상과 맞싸워, 너는 할 수 있어. 모든 이들이 그렇게 말했다. 그녀가 듣고 싶은 말은 그런 게 아니었다는 것을, 그녀는 막 깨달았다. 감은 눈 안쪽이 뜨거워졌다. 세상에 존재하는 모든 색채와 존재하지 않는 모든 색채가, 감은 눈 안에서 명멸했다. 눈을 감은 그녀의 모든 감각이 퍼덕였다.

눈을 감으면, 아득히 멀어지고 아득히 가까워진다.

믿을 수 없는 일이지만, 그것이 진짜 삶이다.

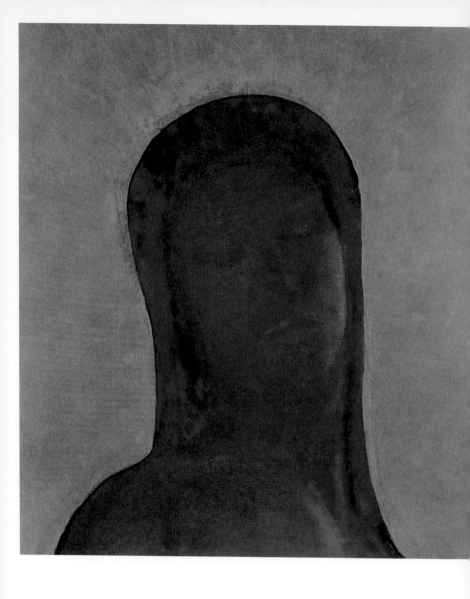

「감은 눈」

오딜롱 르동(Odilon Redon, 1840~1916) — 프랑스 보르도의 중류층 가정에서 태어난 오딜롱 르동은 코로, 들라크루아, 모로 등과 교유하다가 1861년, 파리에서 건축과 조각을 공부했다. 미술학교는 상상력으로 충만한 그의 재능을 오히려 방해했고, 그를 자극한 것은 식물학과 석판화였다. 타고난 직관과 환영으로 세계를 보는 르동의 스타일은 1870년에 이르러 드러나기 시작했는데, 이 시기에 그는 색채를 거부한 채 목탄과 석판을 이용한 작업에 몰두했다. 그가 세상의 주목을 받기 시작한 것은 그로부터 10여 년이 더 흐른 후였다. 자연주의와 합리주의가 지나간 후 등장한 인상주의와 표현주의 진영이 그를 환영했다. 르동은 파스텔, 수채물감과 유채물감을 사용하여 미스터리하고 묘한 분위기의 그림을 그렸다. 특히 신화에서 즐겨 소재를 차용했으며 초상화, 정물화 등에서도 독특한 개성을 표현했다. 고갱, 발레리, 드뷔시 등과 친분을 쌓았던 그가 세상을 떠난 후, 초현실주의 진영에서는 '무의식에 순응하는' 르동의 스타일이 자신들의 이념과 동일하다는 것을 깨달았다.

안녕, 이라는 이별의 인사 없이
문을 나섰으니 그저 잠깐의
외출일 거라고 장담하지 말아요.
그녀는 돌아오지 않아요.

그녀는 돌아오지 않아요

문이 열려 있군요. 문 사이로 왈칵, 빛이 쏟아져 들어와요. 그 빛을 통과하여 누군가, 어디론가 가려 하고 있네요. 그리고 빛은 그녀를 통과하여 거울 주위에 또렷한 명암을 만들어내고 있죠. 그녀는 조금 전까지 거울 앞에 서 있었을 거예요. 내기를 해도 좋아요. 옷매무새를 살펴보고 모자의 챙에 달린 레이스를 매만지고 마지막으로 거울 속 자신을 향해 생긋 웃어보았을 테니까요.

거울 아래 놓여 있는 건 화장대일 거예요. 수도꼭지와 몇 개의 작은 병들도 보이네요. 병 안에 든 것은 하얀 거품이 방울방울 이는 비누, 피부에 부드럽게 스며드는 스킨 토너, 그리고 두세 종류의 향수겠죠. 그녀는 향수의 뚜껑을 열고 손바닥으로 바람을 일으켜 향기를 맡아보았을 거예요. 너무 진하지 않은, 너무 자극적이지 않은, 과일 향기와 꽃향기가 어우러진, 달콤하고 상큼한 향수 하나를 신중하게 골라 목덜미에 살짝 뿌렸겠죠.

조금 전까지 그녀의 얼굴을 비추고 있던 거울은 이제 맞은편 벽에 걸린 몇 개의 액자를 우리에게 보여주고 있어요. 우리가 볼 수 없는 이 방의 반대편이죠. 액자는 우리가 볼 수 있는 위치에도 몇 개 걸려 있네요. 어쩐지 거울 오른쪽에 있는 한 여인의 초상화가 시선을 끌어요. 이 여인은 누구일까요? 언젠가 이 방을 사용했던, 이 집의 안주인일 수도 있겠죠. 지금 막 문을 나서려는 그녀의 어머니나 할머니, 혹은 할머니의 어머니나 할머니일지도 몰라요. 그녀는 가끔 그 초상화를 올려다보며 언젠가 이르게 될 먼 길을 가늠해보았을지도 모르죠.

화장대 왼쪽에는 하얀 옷이 걸려 있는 옷걸이가 있어요. 속옷 같기도 하고 잠옷 같기도 해요. 어쨌든 외출용 옷은 아닐 거예요. 그녀는 외출복으로 갈아입기 위해 그 옷을 벗어 거기 걸어두었겠죠. 누군가 막 벗어둔 옷에서는 아릿한 맛이 느껴져요. 조금 전까지 누군가를 껴안고 있던 팔, 누군가의 손을 쥐고 있던 손에서도 그런 맛이 나죠. 일순간 형태가 무너지고 온기가 조금씩 빠져나가요. 그녀의 하얀 옷은 아직 희미한 온기를 간직하고 있지만, 그녀는 이미 아무런 특징도 없고 장식도 없는 그 옷을 잊어버렸을 거예요. 이 날을 위해 아껴둔, 풀을 먹이고 정성껏 다림질을 한 하늘색 원피스만이 지금 그녀의 마음을 사로잡고 있죠.

화장대와 소녀 사이에는 벽난로가 있네요. 묵직한 도자기 화병 세 개가 위쪽에 놓여 있고, 역시 같은 색깔과 질감의 도자기 화병 하나가 벽난로 앞에 놓여 있어요. 타오르는 장작 대신 수줍은 불길 같은 꽃 몇 송이가 벽난로 앞을 지키고 있는 걸 보면, 계절은 여름이에요.

바닥에는 카펫이 세 장 깔려 있는데, 색깔과 무늬는 다 다르지만 이 방과 무척 잘 어울려요. 오른쪽 아래의 하늘빛 카펫 가장자리를 마감하고 있는 것은 선명한 한여름 풀빛이죠. 풀빛은 깊고 무거운 초록색 문으로 이어지고, 벽난로에 이르러 블루를 만나요. 화병의 초록과 파랑은 꽃의 노랑을 만나 청동색 거울, 금빛 액자, 올리브그린의 천, 초록을 머금은 갈색 벽으로 건너가죠. 이 방의 색조와 어울리지 않는 것이 단 하나 있다면, 그건 바로 하늘색 원피스를 입은 그녀예요.

그녀는 오른발에 체중을 싣고, 이제 막 왼발을 떼려 하고 있어요. 한 발자국만 더 내디디면 바깥이에요. 그녀의 단정하고 단호한 검은 구두는 결코 멈추거나 뒷걸음질 치지 않을 거예요. 단단히 묶인 끈이 풀어지는, 그래서 끈을 다시 메기 위해 그녀가 지체하는 일도 없을 거예요. 그녀는 당신에게 이별의 인사를 건네지 않을 거예요. 아무 말도 하지 않고, 아무 말도 듣지 않을 거예요.

그러나 그녀의 시선만은 당신을 향하고 있죠. 망설임도 두려움도 아쉬움도 없는 동그란 시선이 당신을 향해 곧장 뻗어 있어요. 그리고 그녀의 꼭 다문 입술에는 미묘한 미소가 매달려 있네요. 여인이라고 하기에는 어려 보이지만 그렇다고 아이는 아닌, 그 미묘한 나이만이 만들어낼 수 있는, 순수하면서도 당돌한 미소를 당신은 언젠가 본 적이 있을 거예요. 당신이 사랑하던, 당신을 사랑하던 누군가가 변심하기 직전에 보여주었던 그 미소와 닮지 않았나요? 또는 이렇게 말할 수도 있을 거예요. 한결같이 당신의 근처만을 서성이던 마음을 막 접어버린, 당신으로 가득 찬 방에서 벗어나 바깥세계로 가려 하는, 그러면서도 마지막으로 성장한 자신의 모습을 당신에게 각인시키려 하는, 미묘하고도 단순한 마음에서 일어나는 한 여자의 미소.

나는 알아요. 이것이 당신이 볼 수 있는 그녀의 마지막 모습이에요. 해일처럼 쏟아지는 저 환한 빛 속으로 한 발자국을 내딛는 순간, 그녀는 다른 사람이 되는 거예요. 당신이 모르는 사람을 만나고, 당신이 모르는 노래를 부르고, 당신이 모르는 이야기를 당신이 모르는 사람과 나눌 거예요. 당신이 짐작도 할 수 없는 일들이 그녀에게 벌어질 테고, 당신이 상상할 수도 없는 운명이 그녀를 데려갈 거예요. 안녕, 이라는 이별의 인사 없이 문을 나섰으니 그저 잠깐의 외출일 거라고 장담하지 말아요. 그녀는 돌아오지 않아요. 당신이 언젠가 그녀를 다시 만나게 되더라도, 그녀가 이 방으로 다시 돌아오게 되더라도, 갈망하는 눈빛으로 그녀가 당신을 올려다보는 일은 더 이상 없을 거예요.

한 여자가 시간을 들여 화장을 하는 일, 마음을 들여 옷을 고르는 일, 모자를 매만지고 구두의 끈을 묶고 목덜미에 향수를 뿌리는 일, 마지막으로 누군가에게 순수하고 당돌한 시선을 던진 후 문을 나서는 일은 그런 거예요. 당신이 아는, 혹은 안다고 생각했던 그녀는, 이제 돌아오지 않는다는 의미예요.

「자크 에밀 블랑슈의 화장방」

모리스 로브르(Maurice Lobre, 1862~1951) ― 프랑스 보르도 출신의 화가로, 마네와 휘슬러를 존경했으며 도자기와 가구 들로 가득 찬 실내의 풍경을 주로 그렸다. 이 그림은 자크 에밀 블랑슈의 집에서 그린 것인데, 블랑슈는 모리스와 비슷한 취향을 가진 그의 친구이자 화가이자 작가로, 노르망디에 있는 자신의 집을 예술가들에게 흔쾌히 개방해주었다. 드가와 휘슬러 역시 자크의 손님들이었다.

꽃은 강하지 않다.
꽃은 영원하지도 않다.
하지만 강함 앞에 굴복하지 않고
영원 앞에 순종하지 않는다.
꽃은 그만큼 무모하고
그만큼 용감하다.

꽃처럼 자라려고

어린 소녀는 심심하다. 어린 소녀는 무료하다. 어린 소녀는 하고 싶은 일들이 있지만 아직 어려서 할 수가 없다. 꽃송이 사이사이로 떨어지는 햇살, 툭툭 쳐서 떨어뜨리는 것 말고는 할 일이 없다. 어린 소녀는 어른이 되고 싶다. 꽃처럼 자라 꽃처럼 예쁜 사람이 되어 꽃 같은 사람을 만나고 싶다.

꽃처럼 자라기 위해서는 어떻게 해야 하나.

역시 어린 소녀가 할 수 있는 것은 없다. 해야만 하는 것은 있다. 시간을 견디는 것이다. 심심하고 무료한 시간, 몇 겹의 평화로 엄격하게 봉해진 시간이다. 어린 소녀는 자신이 시간 안에 갇혀 영원히 풀려나지 못하는 꿈을 꾼다. 지금보다 조금 더 어렸을 때 잠자리에서 엄마가 들려준 '잠자는 숲 속의 공주' 이야기 때문인지도 모른다. 어린 소녀는 그 이야기 때문에 몇 번이나 악몽을 꾸었다. 어른이 되려면 백 년을 견뎌야 하는 거라고 믿을 수밖에 없었다. 태어나 십 년도 살지 않은 아이에게 백 년이라는 시간은 영원에 백을 곱한 것과 다름없다. 언제까지나 끝나지 않을 시간의 단단한 벽 속에서 어린 소녀는 울었다. 울다가 깨어났지만 눈앞에 왕자는 없었고, 거울은 여전히 어린 자신을 무심하게 비춰 보여주었으므로, 어린 소녀는 더 많이 울어야 했다. 현실은 동화와 다르다는 사실을 몇 번이나 반복해서 깨달았고, 매일 절망해야 했다.

절망 속에서도 어찌 되었거나 시간은 흘러갔다. 그래도 어린 소녀는 여전히 어렸다. 그리고 여전히 할 수 있는 일이 없었다. 괜히 꽃송이 사이사이로 떨어지는 바람, 툭툭 쳐서 날려 보내다가 어서 빨리 꽃처럼 예쁜 사람이 되고 싶다고 생각했다.

꽃처럼 예쁜 사람이 되기 위해서는 어떻게 해야 하나.

어린 소녀가 보기에 꽃은 아무것도 하지 않는 것 같았다. 꽃처럼 예쁘지도 않고 꽃처럼 향기도 없는 줄기나 잎들이 꽃송이를 힘껏 밀어올려주면 겨우 게으른 봉오리 하나 맺었다가, 아침 햇살과 바람이 끈질기게 조르고 애원한 후에야 선심을 쓰듯 피워내는 그 한 송이. 그렇게 마지못해 자신을 열어 보이는 순간 온 세계의 시선을 한 몸에 받는 존재. 아름다운 무늬가 새겨진 날개를 파닥이며 나비들은 하루 종일 구애의 춤을 춘다. 새들은 노래로 사랑을 호소하고 벌들은 달콤한 꿀의 향기로 미쳐간다. 꽃은 고개를 외로 꼬고 아무것도 아니라는 듯이 무심하게, 그러나 조금쯤 빼기는 듯한 얼굴로 하늘하늘 흔들린다. 그 모습이 소녀를 매혹한다.

꽃은 강하지 않다. 꽃은 영원하지도 않다. 하지만 강함 앞에 굴복하지 않고 영원 앞에 순종하지 않는다. 꽃은 그만큼 무모하고 그만큼 용감하다. 어린 소녀가 원하는 것은 바로 그런 사람이다. 그러나 지금은 할 수 있는 일이 없다. 괜히 꽃송이 사이사이로 흩어지는 시간을 툭툭 쳐서, 조금이라도 빨리 가도록 밀어내는 것밖에.

쥘 바스티앵르파주, 「**어린 소녀**」

어린 소녀에게는 백 년 같은 시간이 흐른다. 그리하여 마침내 어른이 된다. 몇 번인가 한 송이 꽃 같은 사랑을 심장에 심어보지만 어쩐지 잘 자라지 않았다. 어떤 것은 뿌리가 약하고 어떤 것은 줄기가 갈라진다. 어쩌다 조심스럽게 봉오리를 맺은 것도 미처 다 열지 못한 채 그대로 고개를 떨어뜨린다. 한때 어린 소녀였던, 이제는 여인이 된 그녀의 심장은 조금씩 말라간다. 꽃 같은 사랑의 씨앗들이 우연히 그녀의 심장에 둥지를 틀어도, 그녀는 그것을 돌보지 않는다. 피었다 지는 것을 보는 것보다 차라리 씨앗으로 묻히는 것이 덜 아프다는 것을 알아버렸기 때문이다.

그녀는 세상을 향한 문을 닫아걸고 스스로 만든 무덤 안에 갇힌다. 계절은 몇 번이나 바뀌고 시간은 조금씩 더 빠른 속도로 흘러간다. 한여름 꽃들이 장맛비에 뚝뚝 떨어져내리는 어느 여름의 끝, 오랜만에 비가 그친 저녁, 그녀는 맑은 공기를 마시려고 닫힌 창을 연다. 꽃송이 사이사이에 맺힌 빗방울을 툭툭 털어내고 있던 어린 소녀 하나가, 문득 고개를 들어 그녀를 본다. 두 사람의 시선이 공중에서 만난다.

"무얼 하고 있니?"

자신도 모르게, 그녀는 불쑥 묻는다. 어린 소녀에게 혹은 먼 과거 속의 자신에게.

"시간을 털어내고 있어요."

어린 소녀가 대답한다.

"무엇 때문에?"

"얼른 자라서 뭔가가 되려고요."

갑자기 그녀는 깨닫는다. 굳이 꽃이 되려 할 일은 아니었음을. 줄기나 뿌리, 또는 뿌리 근처를 맴도는 벌레 같은 것이 될 수도 있었음을. 백 년이라는 시간은 아직도 끝나지 않았음을. 그 시간 속에 그녀를 가둔 것은 바로 자기 자신이었음을.

"그런데 뭐가 되면 좋을까요?"

멍한 눈으로 허공을 응시하는 그녀에게, 어린 소녀가 묻는다. 그녀는 텅 빈 두 손을 들어 가만히 바라보다가, 천천히 대답한다.

"무엇이든 되렴."

「학교에 가다」

쥘 바스티앵르파주(Jules Bastien-Lepage, 1848~84) — 프랑스의 뫼주라는 작은 마을에서
농부의 아들로 태어났다. 신학교에 진학했다가 그림을 배우기 위해 파리로 갔다. 첫 번째
파리행에서 그는, 생활비를 벌기 위해 우편배달부 일을 하다가 별 성과 없이 고향으로 돌아갔다.
두 번째 파리행은 카바넬의 문하생 자격으로 이루어졌으나 보불전쟁이 발발하여 입대해야 했고,
심한 부상을 입게 된다. 일자리를 찾지 못한 그는 다시 고향으로 돌아가 풍경화를 그린다. 세
번째 파리행에서 그는 사람들에게 몇 가지 인상을 남겼다. 사람들은 그의 작품이 크다는 것에
놀랐고, 그의 작업이 전적으로 야외에서 이루어진다는 것에 다시 놀랐다. 32세에 이탈리아로
떠나 3년을 보내고 돌아온 그는, 새로 시작한 전원 작품 시리즈를 완성하지 못하고 36세에
세상을 떠났다. 전쟁 때 입은 상처 때문이라는 말도 있고, 위암 때문이었다는 말도 있다. 그의
추모전에는 이전까지 별 관심을 두지 않던 이들이 모여들었고 모든 작품이 팔려 나갔다.
하지만 오늘날 그의 이름을 기억하는 사람은 그리 많지 않다. 19세기 말부터 20세기 초까지의
인상파들에 의한 재평가 작업 중, '자연 그대로'라고 얘기한 바스티앵르파주의 작품들은
평가절하되었기 때문이다.

그녀의 딸이 그녀에게
같은 질문을 하던 날,
그리고 그날 저녁 한 마리의
작은 새를 데려오던 날,
그러나 그녀는 조금 슬펐다.

사
랑
은

어
디
서

오
나

사랑을 할 나이가 되었을 때, 그녀가 물었다.

"어머니, 사랑은 어디서 오나요?"

어머니는 한숨 같은 미소를 지으며 대답했다.

"시장에 가보렴. 가서 눈에 띄는 작은 새를 한 마리 사오렴. 하지만 그럴 수만 있다면, 새 같은 건 사지 않는 쪽이 좋단다."

"어째서죠?"

그녀는 소녀의 동그란 눈동자로 어머니를 바라보았다.

"내가 이유를 말하면, 너는 새를 사지 않을 거니?"

"아뇨, 어머니. 새를 사고 싶어요. 새를 데려오겠어요!"

그녀는 꽃과 과일과 야채와 물고기를 지나 새를 파는 가게로 들어갔다. 굽은 허리를 한쪽 손으로 받친 노파가 그녀를 맞았다.

"새가 필요해요, 할머니."

노파는 그녀를 찬찬히 살펴보다가 늙은 손가락으로 한쪽 구석을 가리켰다. 노랗고 작은 새였다. 그녀는 단박에 그 새가 마음에 들었다.

"이 새가 저의 새라는 걸 어떻게 아셨어요?"

그녀는 신기해하며 조심스럽게 새장을 집어 들었다.

"아가씨 손을 봐. 그 손이랑 꼭 닮은 새가 아닌가. 날개를 접고 있으면 말이지."

새는 초롱초롱한 눈망울로 그녀를 바라보았다. 내가 당신의 새예요, 하고 말하듯.

"데려가. 하지만 그럴 수만 있다면, 노래는 가르치지 않는 쪽이 좋아."

"어째서죠?"

새의 보드라운 깃털에서 눈을 떼지 못한 채, 그녀는 물었다.

"내가 이유를 말하면, 노래를 안 가르칠 텐가?"

"아뇨, 할머니. 노래를 가르쳐보겠어요."

날마다 그녀는 새에게 노래를 가르쳤다. 몇 명의 구혼자들이 그녀를 찾아왔고, 그중의 한 사람과 사랑에 빠졌을 무렵, 새는 제법 예쁜 노래를 부를 수 있게 되었다. 연인은 날개 접은 새처럼 보드랍고 여린 그녀의 손을 잡고, 그녀와 함께 새의 노래를 들었다. 노래를 부르며, 새는 몇 번인가 날개를 퍼덕였다.

"정말 예쁘지 않아요? 이 아이가 날개를 활짝 펴고 하늘을 나는 모습을 한 번만이라도 보고 싶어요."

그녀를 잡고 있는 손에 힘을 주며, 연인은 말했다.

"지금이라도 새장의 문을 열어주면 푸드덕 날아오르겠지요. 하지만 그럴 수만 있다면, 열어주지 않는 쪽이 좋을 텐데."

"어째서요?"

"내가 이유를 말하면, 열지 않을 텐가요?"

그녀는 잠깐 망설였다. 어머니는 그럴 수 있다면 새를 사지 말라고 했고, 할머니는 그럴 수 있다면 노래를 가르치지 말라고 했다. 하지만 그녀는 그것을 원했고, 그 결과 노래 부르는 새를 소유하게 되었다. 그녀는 사랑을 원했고, 그 결과 연인을 가지게 되었다. 거기까지는 아무런 문제도 없었다. 어머니와 할머니가 어쩌면 사랑이라거나 젊음을 질투하여 그런 이야기를 한 게 아닌가, 싶을 정도였다.

그러나 연인의 만류까지 부정하기에는 뭔가 석연치 않은 게 있었다.

"어째서죠?"

그녀는 조심스럽게 물었다.

"이유를 말하면, 열지 않겠어요?"

"생각해보겠어요."

"새가 날아갈 테니까요."

"어디로요?"

"사랑이 온 곳으로."

그녀는 고개를 열심히 갸웃거렸다.

"그럼 그 할머니는 어째서 새에게 노래를 가르치지 말라고 그랬을까요?"

"새가 노래를 부르면, 나는 모습을 보고 싶어지니까요."

"그럼 어머니는 어째서 새를 사지 말라고 했을까요?"

"새가 눈앞에 있으면, 노래를 가르치고 싶어지니까요."

그녀는 입술을 깨물며 깊은 생각에 빠졌다. 연인은 그녀가 입을 열기를 기다리다가, 지루해져서 돌아가버렸다. 며칠 후, 연인은 그녀에게 한 통의 짧은 편지로 이별을 고했다. 그녀가 새를 날려 보낸 날이었다.

이상하게도 그녀는 불행하지 않았다. 격정적이고 강렬한 사랑의 경험은 그것대로 놓아두고, 낡고 평화로운 세계 속에 안주하는 것은 의외로 그리 어려운 일이 아니었다. 처음부터 그녀는 새를 사야 하는 사람이었고, 노래를 가르쳐야 하는 사람이었고, 날려 보내야 하는 사람이었으므로 후회도 없었다. 사랑이 온 곳으로 돌아갔다는 사실도 위안이 되었다. 적어도 한때 존재했으므로. 적어도 완벽하게 사라지는 않았으므로.

"어머니, 사랑은 어디서 오나요?"

그녀의 딸이 그녀에게 같은 질문을 하던 날, 그리고 한 마리의 작은 새를 데려온 그날 저녁, 그러나 그녀는 조금 슬펐다. 그건 새의 운명 때문도 아니고 딸이 겪게 될 슬픔 때문도 아니었다. 작은 입을 열어 새에게 노래를 가르치는 딸을 보며, 그녀는 처음으로 연인을 잃은 슬픔이 심장을 무너뜨리는 것을 느꼈다. 날려 보낼 수밖에 없었던 아름다운 존재는 그 시절의 그녀인 동시에 그녀의 연인이고 유일한 사랑이었다.

"가능하면 노래를 가르치지 말라고, 새를 판 사람이 이야기하지 않았니?"

딸에게 그녀가 물었다.

"그랬어요. 하지만 어째서요?"

딸은 무지하고 천진한 눈으로 그녀를 바라보며, 날개를 접은 새처럼 희고 가느다란 손가락을 부드럽게 흔들었다.

「새장을 든 소녀」

요제프 리플로너이(József Rippl-Rónai, 1861~1927) — 헝가리에서 태어난 리플로너이는 약리학을 공부하다가 1884년, 뮌헨으로 가서 그림을 그리기 시작했다. 2년 후 파리로 건너간 그는 미하이 문카치와 함께 아카데미에서 수학하던 중 1888년, 나비파의 멤버들을 만나면서 그들의 영향을 받아 본격적인 작품 활동을 하게 된다. 헝가리로 돌아가 자신의 이름을 건 전시회를 연 그는, 작품뿐 아니라 평소에 입고 다니는 옷까지도 예술적이어야 한다는 신념으로 디자인에 많은 관심을 가졌다. 그 일환으로 부다페스트의 언드라시 성과 에른스트 미술관의 인테리어 작업을 맡았으며, 프랑크푸르트, 뮌헨, 빈 등에서 성공적인 전시회를 열었다. 말년에는 그의 친구 조르카의 초상화 작업에 몰두하다 1927년, 자택에서 세상을 떠났다.

"뭔가를 잃어버리기 위해서는
우선 뭔가를 가져야 하잖아요.
지금 나한테는 아무것도 없거든요.
괜찮은 기억도, 그럴 듯한 추억도."

폭풍을 기다려요

뭘 하고 있니?

"아무것도 안 해요."

잠깐 얘기 좀 할 수 있을까?

"좋아요. 어차피 지루하던 참이었어요."

하지만 넌 누군가를 기다리고 있는 거 아니니?

"그래요. 어떻게 알았어요?"

무의미한 시선으로 허공을 보고 있긴 하지만, 네 눈동자 속에는 호기심과 기대가 반짝이고 있으니까.

"그래서 지루해요. 기다리는 일이 이렇게 재미없을 줄 알았다면, 시작도 하지 않았을 텐데. 뭔가 재미있는 이야기라도 있어요?"

이야기는 너한테 듣고 싶은데.

"글쎄요, 그다지 재미있는 일은 겪어보지 못해서요."

정장 차림으로 아까부터 저 밖에 서 있는 남자, 아는 사람이니?

"아직은요."

아직?

"아직까지는 몰라요. 어쩌면 곧 알게 될지도 모르지만요. 어쩌면 영원히 모르는 사람일 수도 있고요."

하긴, 저 남자는 네가 아니라 다른 곳을 보고 있구나. 주머니 속에 손을 집어넣고 있는 걸 보면 문을 두드릴 생각도 없어 보이네. 그렇다고 자리를 떠날 것 같지도 않고. 신경 쓰이지 않아?

"……별로, 상관없어요."

여기서 얼마나 이러고 있었니?

"평생을 보낸 것 같은 기분이에요."

그래도 편안해 보이는데.

"다들 그랬거든요. 기다리기로 작정을 했으면, 끝까지 버텨야 한다고. 기다림은 언제나 예상보다 훨씬 긴 법이라고. 그래서 전 준비를 많이 했어요. 쿠션도 가져다놓고 발을 올려놓을 받침대도 구했죠."

그리고 예쁜 옷도 입었구나. 예쁜 리본도 하고.

"하얀 옷이 좋을 거라고 사람들이 그랬어요. 가능하면 온몸을 다 감쌀 수 있는 옷으로 준비하라고 했죠. 장식은 너무 화려하지 않은 걸로, 하지만 너무 단순하거나 숭고하면 상대가 겁을 먹을지도 모르니까 적당한 정도로. 제일 중요한 게 뭔지 아세요?"

뭔데?

"뒷모습이에요."

뒷모습?

"그래서 돌아누워 있는 거예요. 뒷모습은 상상력을 자극하니까요."

정말 그렇구나. 그러니까 너는 저 남자의 상상력을 자극하고 싶은 거니? 더 이상 참을 수 없을 지경이 되어 문을 두드릴 때까지 기다리는 거야?

"제가 기다리는 건 폭풍이에요."

아, 그래? 테이블 위에 찻잔이 두 개 놓여 있기에 손님이 오시나 했어. 그럼 내가 한 잔 마셔도 될까?

"아앗, 잠깐만요. 다른 잔으로 드시면 안 되나요?"

네가 솔직하게 이야기할 마음이 있다면, 차는 안 마셔도 괜찮아.

"하지만 정말로 폭풍인 걸요, 제가 기다리는 건."

이유를 물어봐도 될까?

"재미있는 일이 일어날 것 같아서요. 지금까지 제 인생에 단 한 번도 일어나지 않았던 일."

맞아, 폭풍이란 그런 거지. 깜짝 놀랄 만큼 대단한 일이 일어날 거야. 하지만 겁이 나진 않아? 모든 걸 잃어버릴 수도 있는데.

"뭔가를 잃어버리기 위해서는 우선 뭔가를 가져야 하잖아요. 지금 나한테는 아무것도 없거든요. 괜찮은 기억도, 그럴 듯한 추억도."

확실히 폭풍이라면, 뭔가를 가져다주긴 하지. 하지만 연인도 사랑도, 폭풍이 지나간 후에는 떠나버릴 수 있어.

"그래도 추억은 남겠죠."

하늘과 구름을 보니 곧 닥칠 것 같은데, 폭풍.

"비바람이 몰아치면, 저 사람도 문을 두드리겠죠."

네가 기다리는 게 그거구나. 그리고 폭풍은 언젠가 끝나겠지.

"어차피 지나가는 길이잖아요. 남자도, 폭풍도, 사랑도."

「지나가는 폭풍」

제임스 티소(James Tissot, 1836~1902) — 프랑스 낭트에서 부유한 상인의 아들로 태어난 제임스 티소는 스물세 살 때 파리의 살롱에 작품을 발표한 이후, 사교계 부인들의 모습을 생동감 있게 그린 그림으로 화단에 자리를 잡았다. 파리 코뮌 이후 영국으로 망명했으며 후반기에는 종교적인 색채가 강한 삽화를 많이 그렸다. 「지나가는 폭풍」의 모델이 되었던 여자는 케이틀린 뉴턴이다. 결혼을 하기 위해 인도로 가던 그녀는, 인도행 배 안에서 다른 남자를 만나 사랑에 빠진다. 인도에서 정혼자와 결혼식을 올렸으나 배에서 만난 남자의 아이를 가지고 있었던 그녀는 이혼 후 다시 영국으로 돌아와 스물두 살에 제임스 티소를 만나게 된다. 두 사람은 아이를 낳고 6년 동안 함께 살지만, 폐결핵에 걸린 케이틀린은 자살로 생을 마친다. 이 그림은 케이틀린 뉴턴을 모델로 하여 티소가 처음으로 그린 그림으로, 소녀티가 가시지 않은 앳된 모습 속에 떠오르는 권태로운 표정이 인상적이다.

그날이 오면,
아, 그런데 그날은 어떤 날일까.
그녀는 다소 불안했지만, 한편으로는
기쁨을 미처 감출 수가 없었다.

그
날
이　오
면

"언니가 뭐라고 말하든 난 상관하지 않을 테야. 언니도 알잖아? 그 사람이 나한테 얼마나 푹 빠져 있는지. 그런 사람이 나를 불행하게 만들 리 없어."

막내가 말했다. 그날 아침 정원에서 꺾은 꽃들로 장식한 곱슬곱슬한 머리카락을 날리며, 반짝이는 네 개의 팔찌로 조여진 가느다란 손목으로 뺨을 받치고, 채도가 낮은 하늘 빛깔의 옷으로 감싸인 부드러운 몸을 누인 채. 다소의 무료함을 굳이 감추진 않겠다는 표정으로.

"문제는 그 사람이 아니야. 네가 정말 그 사람을 사랑하고 있느냐는 거지. 너도 알겠지만, 내가 결혼하기 전에는 누구도 내게 이런 말을 해주지 않았어. 나는 결혼 생활에 대한 어떤 조언이나 충고도 듣지 못하고 무작정 뛰어들어야 했고, 가끔 내가 올바른 선택을 했는지 의심스러울 때가 있단 말을 하고 있는 거야. 그러니까 그렇게 밀어내지만 말고 내가 왜 이런 소리를 꺼냈는지 생각해볼 수는 없겠니?"

첫째가 말했다. 그날 아침에 구운 파이를 한쪽 팔에 끼고, 다른 손으로는 파이 조각을 부스러뜨려 물고기들에게 떨어뜨려주며, 채도가 낮은 바다 빛깔의 옷으로 감싸인 몸을 곧추세운 채, 단호하고도 엄격한 표정으로.

"하지만 자기가 사랑하는 사람보다 자기를 사랑하는 사람하고 결혼하라고 다들 말하잖아. 엄마가 일찍 돌아가시지 않았다면, 언니한테도 그렇게 얘기했을 게 틀림없어. 게다가 결혼식은 겨우 일주일 남았는걸. 이제 와서 내가 엉뚱한 소리를 꺼낸다면, 우르르 달려들어 난리를 칠 게 뻔해. 우리 아빠는 제우스한테서 벼락이라도 빌려다가 나한테 던지고도 남을 거야."

막내의 말에, 첫째는 가만히 한숨을 내쉬었다. 서늘한 바람이 정갈

하고 우아한 그녀의 목덜미를 만지고 지나갔다.

"하긴 그 사람은 인내심이 강하니까, 결혼하고 당장 무슨 문제가 생기거나 그렇진 않겠지. 네 변덕이나 응석을 받아줄 사람이 그 사람 말고 또 어디 있겠어. 그래도 난 걱정이 돼. 넌 안 그러니?"

둘째를 향해 첫째가 말했다. 둘째는 그날 아침 들판에서 꺾은 꽃들로 만든 꽃다발을 옆자리에 놓아두고, 두 손을 다소곳이 맞잡고 물고기들을 응시하며, 채도가 조금 높은 물고기 빛깔의 천으로 감싸인 몸을 살짝 숙인 채, 부드럽고 다정한 표정으로 언니와 동생의 이야기를 듣고 있었다.

"글쎄, 난 잘 모르겠어. 언니처럼 결혼을 한 것도 아니고, 애처럼 약혼자가 있는 것도 아니니까."

"말이 나왔으니까 말인데, 언니는 왜 연애를 안 하는 거야? 내가 알기로 최소 세 명 정도는 언니한테 마음이 있는 눈치던데."

막내는 둘째 언니에게로 화살을 돌렸다. 자신이 화제의 중심에 놓이는 것은 언제나 환영이었지만, 자신을 책망하는 듯한 큰언니의 말은 듣고 싶지 않았기 때문이다.

"세 명이라니? 그게 누구야?"

막내의 예상대로 첫째는 금세 둘째에게로 관심을 돌렸다.

"나도 잘 몰라. 그보다 언니는 왜 갑자기 그런 이야기를 꺼낸 거야? 혹시, 이런 말 해도 될지 모르겠지만, 결혼 생활이 힘들기라도 한 거야? 지난 삼 년 동안 그런 내색은 한 번도 한 적이 없잖아."

둘째의 질문에는 세심한 배려가 묻어 있었다. 그래서 첫째는 문득 모든 것을 털어놓고 싶은 충동을 느꼈다.

"제대로 설명할 수 있을지 모르겠지만, 뭐랄까, 내가 원한 건 이런 게 아니라는 생각이 자꾸만 들어. 그이한테 무슨 문제가 있다거나 그런 건 아니야. 문제가 있다면 오히려 내 쪽이겠지. 내가 결혼 적령기가 되었을 때, 아버지가 그이를 데리고 왔던 거, 너도 기억하지? 그때 내가 왜 그 결혼을 받아들였는지 알아?"

"언니, 그 사람, 마음에 들어했잖아."

막내가 말했다.

"단지 그 이유만으로 결혼이란 걸 할 순 없어. 적어도 난 그랬어. 그런데 아버지가 나를 부르시더니, 엄마 없이 자란 딸들이라 제때 결혼도 못한다는 말은 듣고 싶지 않다고 말씀하시더라. 달리 마음에 정해둔 사람이 없으면, 그 사람과 결혼했으면 좋겠다고 말이야. 그때는 그것도 괜찮겠다는 생각이 들었어. 그리고 실제로…… 괜찮았어. 그런데 이즈음 들어서, 아니 솔직히 일 년쯤 전부터지만, 어쩐지 내 삶이 너무 밋밋하고 보잘것없다는 생각이 드는 거야. 난 더 이상 모험을 할 수도 없고, 실수나 잘못을 저지를 수도 없어. 그이한테 폐를 끼칠 수는 없으니까."

"아이참, 왜 실수나 잘못 같은 게 하고 싶은 건데?"

막내는 도무지 이해할 수 없다는 듯 고개를 절레절레 흔들었다.

"하고 싶다는 게 아니라, 그런 게 용납되지 않는 삶이 답답하단 거야."

막내는 머리에 달린 꽃 한 송이를 떼어내어 꽃잎을 한 장 한 장 뜯으면서 잠시 생각에 잠겼다가 입을 열었다.

"언니가 솔직하게 얘기하니까 말인데, 사실 나도 요즘 썩 즐거운 건 아니야. 잔뜩 조인 코르셋을 억지로 입고 있는 기분이야. 하지만 이 시기만 잘 넘기면 괜찮을 거라고 생각해. 언니들도 알겠지만, 난 인생에서 대단한 걸 바라지 않잖아. 그저 하루하루 즐겁게 지내면서, 맛있는 거 먹고, 예쁜 옷 입고, 내가 예쁘다고 해주는 사람한테 어리광 부릴 수 있으면 족해. 그것 말고 뭐가 있겠어?"

"그것 말고 뭔가가 있다고 생각하니까 즐겁지 않은 거 아니야? 나처럼 말이야."

조용한 목소리로, 첫째가 말했다.

"언니 말이 맞아. 그래도 난," 모든 걸 털어버리겠다는 듯 기지개를 켜며 막내가 말했다. "그날이 오면, 가장 아름다운 신부가 될 거야. 온 세상이 부러워죽겠다는 듯 나를 바라볼 테고, 그걸 최대한 즐길 거야."

"그날이 오면 난," 첫째가 말했다. "제일 비싼 드레스를 입고, 공들여 화장을 하고, 그이의 팔짱을 끼고, 행복한 신부의 언니 노릇을 해야겠지. 네가 나의 세계로 들어와 드디어 나를 이해하게 되었다는 사실을 위안으로 삼으면서 말이야."

문득 묘한 유대감에 사로잡힌 첫째와 막내는, 조금쯤 질투 어린 눈으로 둘째를 바라보았다. 둘째는 나지막이 어떤 멜로디를 흥얼거리며, 여전히 모이에 입질을 하고 있는 물고기를 보고 있었다. 그날이 오면, 아, 그런데 그날은 어떤 날일까. 그녀는 다소 불안했지만, 한편으로는 기쁨을 미처 감출 수가 없었다. 짐작도 할 수 없는 미지의 그날을 생각하는 것만으로도.

「실버 페이버리츠」

로렌스 알마-태디마(Lawrence Alma-Tadema, 1836~1912) — 네덜란드에서 태어나 1871년, 영국 여성 화가 로라 엡스와 재혼하고 영국에 귀화했다. 고대 그리스, 로마 풍경을 주로 그렸으며 가구 디자이너로도 활동했다. 비잔틴 양식의 피아노와 의자, 신고전주의풍의 의자 등을 디자인했으며 대리석 질감을 섬세하게 묘사하여 '대리석의 화가'로 불리기도 한다. 영국으로 이주한 이후 유명세를 타면서 화가로 성공했고, 이탈리아 여행에서 고대 로마인의 생활양식 등을 연구하여 작품의 신빙성을 높였다. 무대배경과 의상, 직물 디자인으로 활동 범위를 확장했으며 위궤양 치료를 위해 독일 비스바덴의 카이저호프 온천으로 여행을 가던 도중 세상을 떠났다.

언제부터였던가, 움직이기 전에
수십 번의 생각을 해야만 하는
이 팍팍한 삶. 그 삶에 의해
헝클어진 영혼을 위무하기 위해
그녀는 춤을 배우겠다고 작정했다.

온몸의 세포가 기억할 때까지

"너는 사람이 아니야. 마리오네트가 된 거라고 생각해. 머리에 실이 매달려 있는 거야. 누군가 그 실을 꼿꼿하게 잡아당기고 있어. 너는 손을 움직이고 발을 움직이지만, 머리가 흔들려서는 안 돼. 누군가 네 머리에 실을 묶어 팽팽하게 당기고 있으니까."

선생님이 제일 처음 한 말이다. 그녀는 뭐가 뭔지 몰랐지만, 우선 자신이 마리오네트라고 상상해본다. 눈을 감는 쪽이 도움이 될 것 같지만, 선생님의 동작을 따라가려면 눈 두 개로도 부족하기 때문에 그럴 수는 없다. 그 대신 그녀는 마음을 버리기로 한다. 자신의 심장 부근에 동그란 마음이 있다고 상상하고, 그것을 꺼내어 어딘가로 던져버렸다고 상상한다. 마리오네트는 인형이니까, 마음 같은 건 없어야 한다. 마음이 없으면, 휘청일 일도 없다.

"척추를 펴. 머리끝부터 발끝까지 하나의 곧은 선이 되어야 해. 모든 곡선은 직선 다음이야. 직선을 표현하지 못하면 곡선은 없어."

자신의 몸이 직선이라고 생각해본 적은 한 번도 없다. 눈에 보이는 몸의 윤곽은 모두 곡선이므로. 그녀는 비로소 자신의 몸을 관통하고 있는 척추를 의식한다. 아득한 옛날에는 아마도 둥글게 굽어 있었을 인간의 척추. 직립보행을 하기 시작한 이후로 그것은 일직선이 되었다. 인간이 춤을 출 수 있는 것은 그 때문인지도 모른다. 만약 네 발로 기어다니는 존재라면 몸으로 표현할 수 있는 동작이 그리 많지는 않을 테니까.

"손목을 더 깊이 돌려. 네가 생각하는 것보다 손목은 훨씬 많이 돌아가도록 만들어져 있어. 손가락 하나하나가 다른 방식으로, 하지만 연결감 있게 움직여야 해. 새끼손가락은 가장 마지막이야. 그렇다고 혼자 동떨어져 움직이면 뻣뻣해 보여."

그녀의 머릿속은 점점 어지러워진다. 선생님의 말을 두뇌가 받아들이고 이해한 다음 손가락으로 지령을 내려보내는 시간이 좀처럼 단축되지 않는다. 그사이에 수없이 박자를 놓친다. 빼먹은 동작을 돌아볼 사이도 없이 다음 동작이 시작된다. 동작과 동작을 이어주는 고리가 없으니 그녀의 몸은 더욱 뻣뻣해진다.

"팔 안쪽을 보이지 마. 어깨를 낮춰. 손이 어깨 높이로 올라갈 때까지 팔꿈치가 위쪽에 올라와 있어야 해. 팔은 원형으로. 45도 각도까지 올라간 순간 고개를 왼쪽으로 돌리고. 턱은 잡아당기고. 시선은 위로."

이마에 송글송글 땀이 맺히고 심장의 박동이 빨라진다. 호흡이 가빠 오지만 입을 벌리고 헉헉거릴 수는 없다. 두뇌는 복식호흡을 명령한다. 배에 힘을 줘, 라는 선생님의 다음 주문이 떨어지기 전에 배는 이미 힘을 잔뜩 주고 숨을 쉰다. 그 사실을 깨닫는 순간 그녀는 갑자기 아득한 환희를 느낀다. 드디어 머리보다 몸이 먼저 움직이기 시작한 것이다. 모든 것이 본능적이고 모든 것이 단순하던 시절, 아득한 유년의 기억에 세포들이 환호한다. 언제부터였던가, 움직이기 전에 수십 번의 생각을 해야만 하는 이 팍팍한 삶. 그 삶에 의해 헝클어진 영혼을 위무하기 위해 그녀는 춤을 배우겠다고 작정했다. 아니 어쩌면, 그녀가 작정하기 전에 그녀의 영혼이 서둘러 이곳으로 달려온 것인지도 모른다. 그 한 장의 그림을 본 순간, 아주 무모하고 충동적으로 춤을 배우겠다고 결심한 것은, 그녀의 머리가 아니라 그녀의 몸이었다.

"상체는 흔들리면 안 돼. 발과 발목만 움직여. 무릎을 굽혀. 허리 위는 다른 사람의 것이라고 생각해. 너는 마리오네트야. 실에 매달려 있어."

스텝은 점점 복잡해진다. 발가락으로, 발바닥으로, 발뒤꿈치로, 오른발에서 왼발로, 왼발에서 오른발로, 오른쪽에서 왼쪽으로, 왼쪽에서 한 번 더 왼쪽으로. 비틀, 중심을 잃고 넘어진 것은 두 번째 턴에서다. 선생님은 넘어진 그녀가 다시 일어나는 것을 확인하고, 말한다.

"연습해."

그녀는, 연습을, 한다. 넘어지지 않기 위해.

머리를 고정시키고, 턱과 어깨를 내리고, 허리를 꼿꼿하게 펴고, 배에 힘을 주고, 무릎을 굽히고, 가쁜 호흡을 숨기며 흐르는 땀에 묻혀. 오른발에 중심을 두고 왼발을 앞으로, 다시 뒤로, 오른발을 축으로 하여 턴, 한 번 더 턴. 턴 직후가 가장 어렵다. 머리끝부터 발끝까지 흔들리지 않는 자세로 정면을 볼 수 있어야 한다. 경우에 따라서는 입가에 살짝 머금는 미소도 필요하다.

처음에는 한 번의 턴만으로도 어지러워 중심을 잡을 수가 없었다. 이 어지러움을 감소시키기 위해서는 눈의 도움이 필요하다. 눈앞이 아니라 진행 방향에 시선을 두어야 하는 것이다. 그러니까 시선은 몸이 다시 정면을 향하게 되기 직전에 이미 그곳에 가 있어야 한다. 두뇌가 그 순간을 예비하고, 그것에 적응할 수 있도록.

열 번, 스무 번, 서른 번…… 몇 번이나 넘어져가며 그녀는 턴을 한다. 그녀가 새롭게 알게 된 사실 중 하나는, 두 번의 턴만으로도 상당히 멀리까지 가게 된다는 것이었다. 턴을 하기 전에는 거울을 보고 있는데, 턴을 하고 난 후에는 벽 앞에 서 있게 된다. 방향을 바꾸면 벽에서 다시 거울로 간다. 이상한 일이지만, 그녀는 기쁘다. 한 바퀴를 돌았는데 다시 제자리였다면 그녀는 실망했을 것이다. 다른 자리에서 다른 것을 볼 수 있다는 사실이 그녀에게는 놀라운 위로가 된다.

동작이 익숙해지자 숨이 가쁜 것도 잊어버린다. 빙글빙글 돌아가는 인형처럼 영원히 턴만 해도 좋을 것 같다. 물론 언제까지나 그러고 있을 수는 없다. 하지만 집으로 돌아온 다음에도, 몸이 그만둔 그 동작을 머리는 계속하고 있다. 턴, 다른 자리, 턴, 다른 자리, 턴, 다른 자리. 두뇌는 그것을 받아들이고, 곧이어 마음도 그것을 받아들인다. 시간이 흐르자, 온몸의 세포가 동작의 모든 미세한 부분들을 익힌다. 세포 하나하나가 새로운 기억을 새긴다. 마침내 그녀는 과거에서 놓여난다.

춤을 출 때 그녀의 마음과 머리는 완전히 텅 빈다. 자신이 한 말과 자신이 행한 일들이 그녀에게서 멀리멀리 떠나가고, 무언가에 매여 있던 마음과 무언가를 욕구하던 머리는 매번 바뀌는 풍경 앞에서 무력해진다. 그것은 일종의 중독이다. 그녀는 그 중독을 기꺼이 받아들이고 그것을 사랑하기로 한다. 살기 위해.

「스페인 무희」

존 싱어 사전트(John Singer Sargent, 1856~1925) ― 미국의 화가, 조각가, 초상화가, 수채화가, 기타리스트이다. 1856년, 이탈리아 피렌체에서 태어나 1925년, 런던에서 죽었다. 생의 대부분을 서유럽에서 보냈으며 살아생전에 명성을 누렸다. 당당하고 오만한 귀족 부인들의 초상화로 큰 인기를 얻었고 높은 수임료와 마음에 들지 않는 모델은 가차 없이 거절하는 권리도 누렸다. 처음 그림을 배운 것은 카롤뤼스뒤랑에게서이며, 그 후 스페인으로 건너가 예술적 영감을 찾았다. 그곳에서 스페인의 춤과 음악에 빠져들었는데, 이 그림은 그때 그려진 것이다.

즐거워라, 당신의 움직임에
마음이 바스락거린다
온 세상을 돌아 몇 겹의 시간을 빌려
꽁꽁 싸매어둔 퇴화된 감정들
아름다워라, 당신의 목소리에
기어이 몸을 뒤튼다
이상해라, 당신이 버려둔 날들 속에서
자꾸자꾸 따뜻한 눈이 내리고
무엇을 보고 있는 건지 알 수 없는
당신의 시선, 놀라워라
닿는 곳마다 축제가 온다
꽃이 오고 빛이 오고 무수한 봄이 쏟아진다

사랑

사랑이 시작되기 전, 나보다 먼저
첫사랑을 겪은 친구가 내게 충고했다.
사랑이란 어느 날 갑자기
예고도 없이 닥쳐오는 거센 바람과
물결 같은 것이라고.
지도를 보고 키를 잡고
냉정한 태도로 방향을 찾을 수 있는
사람은 없는 거라고.

첫사랑은 영원하다는 오해

내겐 오래된 풍경 하나가 있다. 반듯한 창문으로 반듯한 햇살이 흘러들어오고, 차가운 바닥은 삶의 오류를 허용하지 않겠다는 듯 단단하게 내발아래를 받치고 있다. 하나씩 두드릴 때마다 소스라치며 소리를 뱉어내는 딱딱한 건반, 무심하고 건조하게 나를 내려다보고 있는 초상화, 그리고 내 곁에 서 있는 하나의 그림자까지, 모든 것이 육중하고 무겁다. 가끔 고개를 들어 거울을 바라보면, 혼란을 숨기려고 애쓰는, 그러나 어쩔 줄 모르는 표정이 그대로 드러난, 열일곱 살의 내가 그 속에 있다.

"선생님."

나의 목소리는 높은 봉우리의 산을 다섯 개쯤 넘어온 사람의 것처럼 비틀거리며 갈라진다. 그가 대답하지 않으므로, 나는 말을 이어야 한다.

"선생님. 제가 뭘 잘못하고 있나요?"

그는 침묵한다. 나는 손가락의 움직임을 멈추고, 기다린다. 그의 대답을 듣기 전까지, 꼼짝도 하지 않겠다고 마음먹고.

사랑이 시작되기 전, 나보다 먼저 첫사랑을 겪은 친구가 내게 충고했다. 사랑이란 어느 날 갑자기 예고도 없이 닥쳐오는 거센 바람과 물결 같은 것이라고. 지도를 보고 키를 잡고 냉정한 태도로 방향을 찾을 수 있는 사람은 없는 거라고. 자신에게도 상대에게도 그런 기대는 하지 않는 게 좋다고.

"그렇다면 난 뭘 할 수 있는 거야?"

내가 물었다.

"내 말은, 뭘 할 수 있다거나 뭘 하겠다거나, 그런 생각 따위는 모조리 무용지물이란 거야. 애초에 할 수 있는 게 없다니까."

나는 고개를 절레절레 흔들고, 웃어버렸다.

"그렇다면 그건 충고도 아닌 거네. 생각을 해봤자 소용이 없고, 그런 소리를 미리 들었다 해도 준비할 수 있는 게 없는 거잖아."

"그래." 친구가 말했다. "하지만 너만 그런 게 아니라는 사실을 미리 알고 있다는 게 중요한 거지."

덕분에, 나는 꼼짝도 하지 않고 기다릴 수 있었다. 사랑은 그런 거잖아. 거센 바람과 물결 같은 거잖아. 방향을 찾을 수 있을 리 없잖아. 나만 그런 게 아닌 거잖아. 그렇게 속으로 외치면서.

그는 알 수 없었겠지만, 첫 번째 레슨이 끝나기도 전에 그와 사랑에 빠질 것이라는 선명한 예감이, 나에게는 있었다. 그는 나와 눈도 마주치지 않고 단순한 몇 소절의 멜로디를 알려준 후, 더블베이스를 잡았다. 조심스럽게 멜로디 주위를 맴돌며 무언가를 탐색하던 그는, 차츰 몇 개의 음과 선율을 더해가기 시작했다. 그건 단순한 협연이 아니었다. 그는 나의 멜로디를 감싸 안았다가 다시 놓았고, 끌어당겼다가 밀어냈고, 녹아들었다가 빠져나갔다. 내가 살아온, 또는 견뎌온 열일곱 해 사이사이에서 숨을 죽이고 있던 슬픔과 기쁨, 갈망과 꿈 들을 불러냈고, 무의미한 삶의 세포들을 자극했다. 태어나서 처음으로, 가질 수 없는 무엇, 그러나 갖지 않으면 도저히 행복해질 수 없는 무엇에 대한 열망이 나의 영혼을 흔들었다.

마침내 수십 번이나 반복된 변주가 끝났을 때, 그는 몹시 지친 표정으로, 비로소 나를 똑바로 바라보았다. 미안하다. 그의 얼굴에는 그렇게 쓰여 있었다.

그때까지의 나의 생과 그의 남은 생은, 둘 다 길지 않았다. 나에게는 그것이 첫사랑이었으므로, 그에게는 마지막 사랑이기를 원했다. 그리고 그 사랑이 영원히 끝나지 않을 거라고 믿었다. 열일곱 살짜리 소녀의 믿음이란 그런 것이다.

훗날 그가 보낸 편지에서, 그는 매일 밤 나에게 이별을 말하는 자신을 상상했다고 고백했다. 만약 내가 좀 더 주의 깊게 그의 표정을 살피고, 말의 전후와 말과 말 사이의 간격을 읽어냈다면, 그가 그토록 숨기려고 했던 난폭한 갈등을 알아차릴 수도 있었을 것이다. 그러나 나는 너무도 사랑으로 충만해 있어서, 다른 생각을 할 수가 없었다. 그때 나에게 세계는, 곧 그가 존재하는 세계였다. 그의 사랑을 받고 있는 나 자신이 얼마나 사랑스러운지, 그를 사랑하는 나 자신이 얼마나 빛나고 있는지, 그것만 생각했다. 나는 가끔 사랑의 감정에 북받쳐 눈물을 흘리기도 했는데, 그럴 때조차 내 입술이 그 어느 때보다 붉고 나의 눈동자가 밤의 별들보다 빛나고 있다는 만족감에 사로잡혔다. 내가 빛나면 빛날수록 그가 어두워질 거라는 생각을, 어떻게 할 수 있었겠는가. 그는 나의 첫사랑이었고, 나는 고작 열일곱이었는데.

지금도 나는, 그의 결정이 부당하다고 생각한다. 언젠가 그가 말한 것처럼, 사랑은 밀랍으로 만들어진 날개와 같은 것이고, 불행하게도 태양을 향해 날아가는 것이 사랑의 속성이라 해도, 우리는 끝까지 날아가야 했다고, 나는 믿는다. 나의 빛 속에서 그가 어둠으로 가라앉은 건, 그가 생각을 너무 많이 했기 때문이다. 마지막 편지에서, 그는 온갖 유려한 말로 이별의 이유를 내세웠다. 하지만 내가 보기에 이유는 단 한 가지였다. 그는 나를 잃어버릴 거라고, 당장은 아니지만 언젠가는 그런 날이 올 거라고, 내가 반드시 등을 돌릴 거라고, 믿었다. 그는 내가 열일곱이라는 이유 때문에 사랑했고, 바로 그 이유 때문에 나를 떠났다.

나는 꼼짝도 하지 않고 기다리지만, 그는 끝내 대답하지 않는다. 그는 천천히 더블베이스를 케이스에 넣고, 방을 나간다. 무거운 문이 닫히는 소리가 들리고, 나는 돌아보지 않는다. 그리고 모든 금지된 질문들, 이 사랑이 왜 이렇게 끝나야만 하느냐는, 왜 당신은 떠나야만 하느냐는, 이제부터 나는 어떻게 살아야 하느냐는, 끝없는 질문들과 함께, 그가 남긴 무한의 침묵 속에 갇힌다. 누구도 대답해주지 않을 질문들을 혼자 곱씹으면서, 그 사랑의 잔해 속에서 영원히 머물게 될 것이라고, 이제 나의 남은 생은 철저한 어둠 속에서 지속될 것이라고 생각하는 내가, 그 오래된 풍경 속에 있다.

그러나 이제 나는 안다. 사랑은 언젠가 끝이 나는 것이며, 우리는 모두 언젠가 떠나야 하는 것이며, 그 이후에도 나의 삶은 계속된다는 것을. 그는 나를 떠났으나, 그를 사랑하던 나는 사랑과 함께 죽지 않았다. 나는 살아남았고, 사랑을 위해 슬퍼하고 기뻐하며, 살아간다. 그것이 사랑이 내게 행한 방식이므로, 그것이 내가 그에게 받은 레슨이므로. 그러므로 소녀들이여, 기억하라. 첫사랑이 영원하다는 것은 우리의 소망이 만들어낸 오해일 뿐이다. 모든 것은 지나간다. 다만 영원과 흡사했던 그 한순간만이, 하나의 풍경으로 남아, 텅 빈 삶의 한쪽 벽에 조용히 걸려 있는 것이다.

사랑에 빠져 있을 때, 나는
우리의 사랑이 머지않아 끝나리라는 것을
알고 있었다. 그것이
나의 길지 않은 생의 마지막 사랑,
또한 소녀의 짧은 첫사랑으로
기억되리라는 것도 알고 있었다.

삶은 계속된다는 착각

사랑이 시작되기 전, 내가 그녀에게 미리 경고를 했어야 했다고 사람들은 말한다. 하지만 나는 그렇게 하지 않았고, 그것을 후회하지도 않는다. 나는 원래 말을 잘 못하는 사람이기 때문에, 나의 경고는 그녀를 더욱 혼란스럽게 만들기만 했을 것이다. 혹시 내가 달변가여서 이야기의 시작과 끝을 일목요연하게 정리하여 그녀에게 들려주었다고 해도, 글쎄, 그녀가 그것을 진지하게 받아들여 자신의 결정에 반영하고, 그리하여 그 결과가 그녀의 운명 또는 나의 운명에 영향을 미쳤을 것이라고는 생각하지 않는다.

그녀가 아직 어리기 때문에 그런 게 아니다. 도대체 세상의 어떤 사람이 밀어닥치는 사랑 앞에서 다른 사람의 이야기에 귀를 기울이고, 논리적으로 또 이성적으로 생각하고, 결과를 예상하여 행동할 수 있단 말인가. 우리가 삶의 터전이라고 생각하는 것은 망망대해에 떠 있는 조각배이고, 사랑이란 어느 날 갑자기 예고도 없이 닥쳐오는 거센 바람과 물결 같은 것이다. 그런 상황에서 지도를 보고 키를 잡고 지극히 냉정한 태도를 유지하며 올바른 방향을 향해 나아갈 수 있는 사람은 없다. 적어도 나는 그렇게 하지 못했다. 내가 하지 못한 것을 이제 막 피어난 꽃처럼 연약하고 어린 소녀에게 하라고 강요할 수는 없었다.

우리의 첫 레슨 날, 나는 그녀와 내가 곧 사랑에 빠지게 되리라는 것을 예감했다. 나는 그녀에게 가장 단순한 몇 소절의 멜로디를 알려준 다음, 더블베이스로 그 멜로디 주위를 조심스럽게 맴돌았고, 충분한 시간이 흘렀을 때 멜로디 안으로 밀고 들어갔다. 그것은 단순한 협연이 아니었다. 나의 더블베이스는 그녀가 그때까지 지녀온 단순한 삶의 슬픔과 기쁨, 과거와 미래, 그리고 숨겨진 갈망과 보이지 않는 꿈에 대한 열망을 자극했고, 변주했고, 끌어안았다가 밀어냈다. 그녀는 태어나서 처음으로 자신이 가질 수 없는 무엇, 그러나 자신을 행복하게 해줄 무엇을 인지했고 그것이 나를 통해, 오로지 나를 통해서만 온다는 것을 자각했다. 다시 말하지만, 나는 그렇지 않다고 경고하지 못했으며 그렇게 할 수도 없었다. 나 역시 그랬기 때문이다. 지금까지의 모든 경험이 그녀 앞에서 무용지물이 되어버렸고, 나의 마음은 더블베이스와 함께 그녀의 단순한 삶 속으로 끝없이 흘러들어가고 싶었다. 그렇게 하여, 그 이야기는 시작되었다.

사랑에 빠져 있을 때, 나는 우리의 사랑이 머지않아 끝나리라는 것을 알고 있었다. 그것이 나의 길지 않은 생의 마지막 사랑, 또한 소녀의 짧은 첫사랑으로 기억되리라는 것도 알고 있었다. 우리가 영원히 서로를 갈망할 수 없다는 것, 사랑이 지속되는 기간이 짧으면 짧을수록 닥쳐올 미래가 내포할 고통이 적어진다는 것도 알고 있었다. 하지만 나는 멈출 수가 없었다. 매일 밤 나는 그녀에게 이별을 말하는 나 자신을 상상했고, 다음 날 그녀에게 사랑을 속삭였다.

　물론 그녀는 그 사랑에 대한 의심이나 불안을 티끌만큼도 품지 않았다. 그녀는 너무나 사랑으로 충만해 있어서, 다른 생각을 할 여력이 없었다. 혼자 있는 시간에도 그녀는 세상의 모든 것과 사랑의 밀어를 나누었다. 그것은 내가 있는 세상이었고, 그녀는 모든 것을 통해 나를 보았기 때문이다. 아아, 이렇게 말하는 것을 용서하라. 내가 좀 더 냉정하게 사태를 파악한다면, 그녀는 모든 것을 통해 나를 본 것이 아니라 모든 것을 통해 사랑을 보았다고 얘기해야 할 것이다. 그녀는 내 앞에서 자신이 얼마나 사랑스러울 수 있는지, 본능적으로 알고 있었다. 그녀는 더욱 사랑스러워지고 싶어했고, 그리하여 그녀와 그녀를 둘러싸고 있는 모든 세상은 사랑으로 빛났다. 세상의 모든 사랑 노래가 그녀의 입술에 내려앉았고, 모든 사랑의 미소가 그녀 곁을 떠돌았다. 그녀가 흘리는 눈물조차 사랑의 묘약이 되어 모든 이들의 심장을 설레게 했다. 그녀에게는 사랑 이외의 것에 대해 생각할 이유도 없었고, 생각할 여유도 없었다.

생각은 나처럼 나이 든 사람의 몫이다. 사랑은 나에게 온 세상을 다 가진 것 같은 기분을 느끼게 해주었으나, 나는 그 세상이 얼마나 쉽게 부서지고 깨어지는 것인지에 대해 생각하지 않을 수 없었다. 사랑은 나의 몸과 영혼을 가장 높은 곳까지 이르게 했으나, 나는 태양에 너무 가까이 날아간 나머지 날개를 잃고 추락해버린 이카로스를 머릿속에서 쫓아낼 수 없었다. 우리의 사랑은 밀랍으로 만들어진 날개와 같은 것, 그리고 불행하게도 태양을 향해 날아가는 것이 사랑의 속성이다.

그럼에도 불구하고 나는, 다시 말하지만, 모퉁이만 돌면 파멸과 정면으로 부딪히게 되리라는 것을 알면서도, 저항할 수 없었다. 그녀가 빛나면 빛날수록 내가 곧 맞이해야 할 어둠은 깊어지고 있었지만, 나는 그것을 막을 수 없었다. 매일 밤 나는 캄캄한 나의 미래를 가늠해보며, 내가 어떻게 살아남아야 할지에 대해 생각했지만, 다음 날이면 네가 없는 삶은 상상할 수 없다고 그녀에게 고백했다. 그렇게 해서 나의 사랑은 슬펐다. 기타를 퉁기는 그녀의 가늘고 하얀 손가락을 그리는 나의 심장은 금방이라도 멈출 것처럼 미친 듯이 뛰었으나, 그것은 우리가 나누는 사랑에 대한 기쁨 때문이 아니었다. 다시는 볼 수 없는 그녀의 미소, 다시는 잡을 수 없는 그녀의 손, 두 번 다시 돌아오지 않을, 슬픔과 기쁨으로 뒤범벅이 된 그 한순간이 나를 절망의 끝까지 몰고 갔다.

그 사랑이 끝났을 때, 나는 그녀에게 그 어떤 것에 대해서도 질문할 기회를 주지 않았다. 그녀의 맑고 푸른 눈동자가 슬픔으로 가득 차고, 그녀의 수줍고 빨간 입술이 원망의 언어로 흘러넘치는 것을 나는 보고 싶지 않았다. 그것이 비겁한 일이라는 것은 나도 알고 있다. 하지만 남자의 사랑은 원래 비겁한 것이다. 상처를 주지 않겠다고 말해놓고 다음 순간 상처를 줄 수밖에 없지 않느냐고 자신에게 또 그녀에게 항변한다. 그런 다음 뒤도 돌아보지 않고 떠나간다. 그녀가 마음을 추스르고 현실을 받아들일 수 있는 시간 따위는 결코 주지 않는다. 그녀가 슬퍼하는 모습은 보고 싶지 않으니까, 내가 무너지는 모습도 보이고 싶지 않으니까, 남자는 그렇게 변명한다. 그러나 남자의 속마음은 따로 있다. 그녀가 나로 인해 충분히, 오랫동안 아파했으면, 죽을 때까지 나를 잊지 않을 수 있도록 그 상처가 깊고 또 깊었으면, 해답이 없는 질문들을 혼자 곱씹으면서 그 사랑의 잔해 속에서 영원히 머물렀으면…… 그런 것이 나의 솔직한 심정이었다고, 나는 지금 고백한다.

그래서 가엾은 그녀는, 이별 속에 홀로 남겨진 그녀는, 나에게 아무것도 묻지 못했다. 왜 이 사랑이 이렇게 끝나야 하느냐고, 왜 당신은 떠나가야만 하느냐고, 이제부터 나는 어떻게 살아가야 하느냐고, 그녀는 묻지 못했다. 물론 나는 그 대답을 모두 알고 있다. 사랑은 언젠가 끝이 나는 것이며, 나는 언젠가 떠나야 하는 것이며, 그 이후에도 그녀의 삶은 계속될 것이다. 그러나 삶이 언제까지나 계속되는 것은 아니다. 지금 내가 아는 것처럼, 언젠가 그녀 역시 알게 될 것이다. 삶이 계속되리라는 것은 우리의 희망이 만들어낸 하나의 거대한 착각이라는 것을.

나는 그녀에게, 너를 떠난다는 것은 내 손으로 내 머리에 권총을 들이대고 그것을 발사하는 것과 마찬가지라고 이야기함으로써, 그녀의 허영심을 만족시켜줄 수도 있었다. 네가 사랑하던 나는 사랑과 함께 죽었노라고 말함으로써, 그녀의 사랑을 완성시켜줄 수도 있었다. 그러나 나는 죽음으로 내 사랑의 순수함을 증명할 수 없었다. 사랑이 나를 죽음으로 데려가지 않아도, 내 삶은 곧 끝이 난다는 것을 슬프도록 잘 알고 있기 때문이다. 그리하여 나는, 사랑을 위해 슬퍼할 수 있는 것은 살아남은 사람들의 몫이라는 것을 그녀에게 가르쳐주기 위해, 한 통의 짧고 불친절한 편지만을 남기고 그녀를 떠나왔다.

소녀여, 그대가 읽고 있는 편지 위로 떨어지는 눈물을 오래오래 기억하기를. 이토록 짧은 삶의 티끌 같은 사랑을 위해, 그대가 살아 있는 동안만이라도 나를 위해 슬퍼하기를. 그리하여 이 완성되지 않은 사랑이, 내가 그대에게 남길 수 있는 유일한 사랑이었다는 것을, 언젠가 그대가 알아주기를.

「음악 수업」

요하네스 페르메이르(Johannes Vermeer, 1632~75) — 네덜란드의 델프트에서 화가의 아들로 태어나, 아버지가 세상을 떠난 후 그의 직업을 물려받았다. 그의 생애에 대해서 알려진 것이 거의 없으며 현존하는 작품도 40점 정도뿐이다. 「편지를 읽는 여자」 「우유 따르는 하녀」 「터번을 쓴 소녀」 「레이스를 뜨는 여인」 등의 작품을 남겼으며 특히 '북구의 모나리자'로 불리는 「진주 귀걸이를 한 소녀」는 작가 트레이시 슈발리에에게 영감을 주어 동명의 소설을 쓰게 했다. 이 작품은 피터 웨버 감독에 의해 영화로도 만들어졌다.

"처음 만난 사람이니까 할 수 있는
이야기도 있지요. 그리고 우린
두 번 다시 만나지 않을 거니까.
당신 이야기를 다른 사람에게
하지도 않겠지만, 한다고 해도
당신을 아는 사람은 아닐 거예요.
그러니까 서로 이름 같은 건
묻지 않기로 하죠."

왼
쪽
과
오
른
쪽

"어떤 노래를 할 거죠?"

왼쪽이 물었다.

"글쎄요, 아직 못 정했는데. 오늘은 어쩐지 상태가 별로네요."

오른쪽이 대답했다.

"상태라니요? 컨디션이 안 좋은 건가요?"

왼쪽은 악기의 상태를 점검하기 위해 몸을 숙였다.

"머리가 조금."

오른쪽은 이마에 손을 갖다 댔다.

"두통인가요? 약이 필요해요?"

왼쪽은 그제야 고개를 들어 오른쪽을 바라보았다.

"잘 모르겠어요. 그런데 오늘 몇 곡이나 불러야 하죠?"

오른쪽은 애써 미소를 지어 보였다.

"어떤 노래를 부르느냐에 따라 다르죠."

오른쪽이 미소를 짓는 방식에는 어딘지 마음을 찌르는 데가 있다고
생각하며, 왼쪽이 말했다.

"저는, 아무래도."

오른쪽은 말을 끝맺지 못했다.

"……울어요?"

왼쪽은 조금 당황했다.

"……미안해요."

오른쪽은 꿀꺽, 눈물을 삼켰다.

"얘기를 하고 싶다면, 들어줄게요. 말을 하고 나면 조금 괜찮아지거
든요."

왼쪽이 말했다.

"그렇겠지요. 하지만 처음 만난 사람한테 할 수 있는 이야기가 아닌 것 같아서요."

조금 주저하며, 오른쪽이 말했다.

"처음 만난 사람이니까 할 수 있는 이야기도 있지요. 그리고 우린 두 번 다시 만나지 않을 거니까. 당신 이야기를 다른 사람에게 하지도 않겠지만, 한다고 해도 당신을 아는 사람은 아닐 거예요. 그러니까 서로 이름 같은 건 묻지 않기로 하죠."

왼쪽이 말했다.

"하지만 다시 만나지 않는다고 어떻게 확신하죠? 이곳은 작은 도시고, 당신은 연주를 하고 나는 노래를 하니까, 우리를 함께 부르는 곳이 또 있을 텐데요."

오른쪽이 말했다.

"나는 오늘 밤에 이곳을 떠나거든요."

왼쪽은 단호하게 대답했다.

"그렇다면…… 그냥 쉽게 이야기할게요. 그 남자가 나를 떠나려고 해요."

오른쪽은 자신이 금방 내뱉은 말이 칼날이라도 되는 듯, 흠칫 몸을 떨었다.

"이유를 말하던가요?"

왼쪽이 물었다.

"말하고 싶어한 것 같았는데, 제가 들으려 하지 않았어요."

오른쪽은 입술을 깨물었다.

"어째서요? 궁금하지 않았나요?"

왼쪽은 섣불리 동정을 드러내지 않으려고 애를 썼다.

"겁이 났어요."

오른쪽은 섣불리 고통을 드러내지 않으려고 애를 썼다.

"뭐가요?"

왼쪽은 오른쪽으로 몸을 조금 기울였다.

"다른 사람을…… 사랑하고 있는 것 같아서요."

오른쪽은 조금 뒤로 물러났다.

"그건…… 좋지 않군요. 하지만 사랑을 잃는 이유 중에 좋은 건 없겠지요. 그런데 왜 그런 생각을 하게 되었나요? 어떤 징조가 있었어요?"

왼쪽은 신중하게 단어를 골랐다.

"특별히 달라진 건 없었어요. 우린 무척 오랫동안 잘 지내왔거든요. 싸운 적도 없었고, 그 사람이 나한테 화를 낸 적도 없었어요. 그 사람은…… 내 노래를 무척 좋아했어요. 나는 이른 아침부터 늦은 밤까지 그 사람을 위해, 하루 종일 노래를 불렀어요. 그런데 오늘 아침, 문득 이상하다는 생각이 들었어요. 나를 보는 그 사람의 눈빛에서, 마음이 사라진 것 같은 느낌. 그저 느낌이겠지, 싶었지만 자꾸만 마음에 걸려서……"

오른쪽은 잠깐 숨을 멈췄다.

"걸려서? 확인을 해보기로 했나요?"

왼쪽이 물었다.

"같은 노래를, 반복해서 불렀어요. 그런데 그 사람은, 아무 말도 하지 않았어요. 노래를 열 번쯤 불렀을 때, 나는 알았어요. 이 사람은 더이상 내 노래를 듣지 않는다는 걸. 모든 게 끝났다는 걸."

오른쪽은 두 손에 얼굴을 묻었다.

"하지만 아직 떠난 건 아니군요?"

왼쪽은 주의 깊게 희망을 거론했다.

"오늘, 집을 나오기 전에 그 사람이 잠깐 이야기를 하고 싶다고 했어요. 하지만 난 공연에 늦을지도 모른다고 하고, 그냥 나와버렸어요. 그 사람은 이미 결심을 한 것 같았고, 나는 듣고 싶지 않았거든요. 골목 한쪽에 몸을 숨기고 나는 기다렸어요. 그리고 커다란 가방을 든 그가 집에서 나오는 걸, 조금씩 하지만 확실하게 멀어져가는 걸 보았어요."

오른쪽이 말했다.

왼쪽의 눈에 글썽, 눈물이 고인 건 그때였다. 미처 말릴 틈도 없이, 왼쪽이 울음을 터뜨렸다. 당황한 오른쪽은 급히 손수건을 꺼내어 왼쪽에게 내밀었다. 하지만 왼쪽은 그걸 받으려 하지 않았다.

'아닐 거야, 그럴 리가 없어, 하지만, 그 사람의 여자도 노래를 한다고 그랬어. 그 여자는 자신을 더 이상 사랑하지 않는다고, 그래서 떠나는 거라고, 내가 함께 가주면 좋겠다고, 그렇게 말했지. 이 여자는 지금도 그 남자를 사랑하잖아. 그러니까, 그럴 리가 없어. 그럴 수는 없어.'

손등으로 눈물을 닦아내며 왼쪽은 생각했다.

"저기, 그런데 어디로 떠나세요? 또 만나고 싶은데. 우린 좋은 친구가 될 것 같아요."

오른쪽이 말했다.

"……무대에 서야 할 시간이네요."

왼쪽은 그렇게 말하고, 악기를 집어 들었다. 왼쪽은 자신의 목소리가 잔인하고 차갑다고 생각했고, 오른쪽은 왼쪽의 어조가 따뜻하고 다정하다고 생각했다.

토머스 윌머 듀잉, 「음악」

문을 두드리자 왼쪽이 나왔다.
그녀의 얼굴 위에는 아직도
눈물자국이 달라붙어 있었다.
왼쪽은 오른쪽에게 아무런 설명도
하지 않았다. 오른쪽은 왼쪽에게
아무것도 묻지 않았다.

왼쪽과 오른쪽, 이 년 후

"우리가 처음 만났던 날 말이야."

시들어가는 꽃을 만지작거리며 왼쪽이 말했다.

"응."

읽고 있던 책에서 눈을 떼지 않은 채, 오른쪽이 대답했다. 이야기를 계속하라는 의미였다.

"우린 왜 한 번도 그날에 대한 이야기를 하지 않았을까? 이상하지 않아?"

왼쪽의 목소리는 차분했다. 오래전의 이야기를 조심스럽게 꺼내는 사람치고는, 지나치게 차분했다.

"글쎄, 특별히 할 이야기가 없었나 보지. 문제가 있었다면 벌써 얘기하지 않았을까?"

오른쪽의 목소리 역시, 전혀 흔들림이 없었다. 마치 지금 막 눈에 들어온 책의 구절을 읽는 듯 단조로운 톤이었다.

"아마 그랬을 거야. 어쩌면 이야기를 꺼내는 순간 문제가 생길지도 모른다는 생각을 했기 때문일 수도 있고."

왼쪽은 잠시 미소를 머금었다.

"지금 그 이야기를 꺼내는 건, 이제 그런 얘기를 해도 괜찮다는 거지?"

오른쪽 역시 미소를 머금었다.

"그날, 나는 연주를 하고 너는 노래를 부르기 위해 그곳에 갔지. 무대에 서기 전에 무슨 노래를 부를 건가요, 하고 내가 물었고. 그런데 너는 머리가 아프다고 하더니 갑자기……"

왼쪽은 잠시 말을 멈추었다.

"눈물을 흘려버렸지. 처음 만난 여자 앞에서 말이야. 그때 네가 그랬어. 이야기를 하고 싶다면, 들어줄 수 있다고."

오른쪽이 왼쪽의 말을 이었다.

"넌 그날 한 남자와 헤어졌지. 그 남자가 너를 떠날 거라고 그랬어. 너와, 그 도시를."

왼쪽이 결심한 듯, 이야기를 진전시켰다.

"그날, 너도 그 도시를 떠날 거라고 했지. 연주가 끝나는 대로 말이야. 내가 또 만나고 싶다고 했을 때, 넌 따뜻한 미소를 지었어."

왼쪽도 오른쪽을 따라, 한 발자국을 내디뎠다.

"다시는 만날 일이 없을 거라고 생각했어."

왼쪽이 말했다.

"그런데 다시 만났지. 그날 저녁에. 그리고 이 년이 훌쩍 지났어."

오른쪽이 말했다.

이 년 전의 그날, 왼쪽은 그 도시를 떠나 다시는 돌아오지 않을 작정이 었다. 노래를 부르는 오른쪽과 그곳에서의 마지막 공연을 마치고 나면, 한 남자와 함께 영영 떠날 생각이었다. 왼쪽은 그 남자를 고작 일주일 전에 만났을 뿐이었다. 남자는 왼쪽의 연주를 들으러 왔다. 연주가 끝났을 때 왼쪽과 남자의 눈길이 허공에서 부딪혔다. 남자는 수줍은 듯 고개를 돌리며 미소를 지었다. 그 미소가 왠지 우울해 보여서 왼쪽은 이유 없이 마음이 흔들렸다.

"나는 이 도시를 떠날 겁니다."

그날 저녁, 셰리주를 연거푸 세 잔이나 마신 후 남자가 말했다. 왼쪽은 다시 한 번 출렁, 하고 흔들렸다.

"그렇군요. 그럼, 다시는 못 만나는 건가요?"

왼쪽은 네 잔째의 셰리주를 삼키며 물었다.

"같이…… 가시겠습니까?"

남자의 제안은 전혀 뜻밖이었지만, 왼쪽은 자신이 이런 날을 오래도록 기다리고 있었다는 것을 본능적으로 알아차렸다.

"지금…… 저한테 하시는 말씀인가요?"

왼쪽은 흔들리는 심장을 움켜쥐었다.

"이 도시에 남아 있을 특별한 이유가 있습니까?"

남자가 말했다.

그런 건 없었다. 적어도 그때까지는, 남자를 따라가지 않을 이유가 없었다. 일생에 단 한 번 오는 사랑이라거나, 그런 걸 믿었던 건 아니었다. 하지만 누구나 운명의 힘찬 물결에 한 번쯤 뛰어들고 싶어질 때가 있는 법이다. 자신이 책임지지 않아도 될 강한 운명에 기꺼이 항복하고 싶어질 때가.

도시를 떠나기로 한 날, 왼쪽은 오른쪽을 만났다. 운명은 왼쪽에게, 아니야, 네가 책임지지 않아도 될 운명 같은 건 없어, 하고 말했다. 오른쪽은 한 남자에게 버려졌고, 한 남자는 왼쪽을 데리고 도시를 떠나려 하고 있었다. 오른쪽의 남자와 자신이 만난 남자가 같은 사람이라는 것을 깨달았을 때, 왼쪽의 심장은 둘로 갈라졌다. 가지 않아야 한다는 마음만큼이나, 가고 싶다는 욕망이 거세게 닥쳤다. 왼쪽은 커다란 슈트케이스를 들고 천천히 밤의 도시를 걸었다. 왼쪽의 걸음이 멈춘 것은 남자와의 약속 장소가 아니라, 작은 등불이 켜진 오른쪽의 집 앞이었다. 문을 두드리자 오른쪽이 나왔다. 그녀의 얼굴 위에는 아직도 눈물자국이 달라붙어 있었다. 왼쪽은 오른쪽에게 아무런 설명도 하지 않았다. 오른쪽은 왼쪽에게 아무것도 묻지 않았다.

들어와요. 오른쪽은, 왼쪽에게 그렇게만 말했다. 그리고 이 년 동안, 두 사람은 함께 살았다.

"알고 있었어?"

왼쪽이 물었다.

"뭘?"

오른쪽이 되물었다.

"그런데 뭘 읽고 있어?"

왼쪽은 조금 소리를 내어 웃었다.

"제인 오스틴. 그거 알아? 이 여자, 평생 결혼하지 않고 혼자 살면서 소설만 썼대. 그런데 이 사람의 소설은 전부 해피엔드야. 늘 멋진 남자들이 나오고, 사랑은 이루어지고."

오른쪽이 말했다.

"그야, 여자가 쓴 소설이니까."

왼쪽이 말했다.

"응, 그러니까."

오른쪽이 말했다.

"오늘은 뭘 부를지, 정했어?"

왼쪽이 말했다.

"아마도. 이제 슬슬 준비하고 나가야겠지?"

오른쪽이 말했다.

「독서」

토머스 윌머 듀잉(Thomas Wilmer Dewing, 1851~1938) — 20세기 전환기에 활동한 미국 화가이다.
매사추세츠 주 뉴턴 로어폴스에서 태어나 파리의 아카데미 쥘리앙에서 수학했으며, 뉴욕의
스튜디오에 정착하고 화가 마리아 오클리와 결혼했다. 영국 미학주의(Aestheticism)에 뿌리를 둔
미국 미술의 한 장르인 색조주의 그림으로 유명한 듀잉은 꿈결 같은 배경에 둘러싸인 여성들을
즐겨 그렸다. 악기를 연주하거나 편지를 쓰거나 대화를 나누고 있는 장면을 자주 묘사한 듀잉의
시선은, 적극적인 개입자의 것이 아니라 객관적인 목격자의 것처럼 무심하다.

두 번 다시 남자를 만나지 못해도
상관없다고, 아니 차라리 그 편이
좋은 거라고, 여자는 생각한다. 다만
남자가 후회하고 있는지 아닌지,
그것만은 알고 싶었다.

뒤
돌
아
서
서

"후회하고 있나요?"

여자가 묻는다. 표정은 보이지 않는다. 뒤돌아선 채로, 미동도 하지 않고, 바다를 응시하고 있다. 혹은 하늘, 아니면 바다와 하늘 사이 어딘가, 아무튼 등을 돌린 채로. 여자의 목소리에 별다른 감정은 실려 있지 않았다. 오늘 날씨가 참 좋죠, 라거나 식사는 하셨어요, 같은 말을 할 때처럼, 높낮이가 없는 평이한 음조였다. 하지만 그 질문은 여자의 발아래에서 찰랑거리는 파도에 휩쓸려 조금씩 바다로 밀려가는 대신, 물결 아래의 모래톱으로 파고들어 가라앉았다. 좀, 무거웠기 때문이다.

뜻하지 않게 질문을 고스란히 떠안게 된 모래톱은 몸을 뒤틀어 불편한 심기를 드러낸다. 그 바람에 파도와 파도가 갈라지고 그 틈에서 암연 같은 바닥이 솟아오른다. 모든 것이 몸을 비틀며 자리를 옮기려고 하는, 초여름이다.

끝내 하지 못했던 질문이었다. 그 질문이 떠올랐을 때, 질문을 받아줄 사람은 이미 없었다. 여러모로 불공평한 일이었다. 여자에게는 시작도 되지 않았던 일이, 남자에게는 벌써 끝나 있었으니까. 여자는 자신의 시간과 남자의 시간이 어디서부터 어긋나게 되었는지, 만약 그때 그 사실을 알았더라면 자신이 다른 식으로 행동할 수 있었을지에 관해 생각한다.

여자가 남자를 만난 건, 아니 남자에게 발견당한 건 길모퉁이에 있는 작은 모자 가게에서였다. 여자는 새로 산 원피스에 어울리는 모자를 찾고 있었다. 챙이 넓은, 하얀 새틴에 푸른 리본이 매달려 있는 모자를 쓰고 거울 앞에 섰을 때, 여자는 자신의 뒤에 서 있던 남자를 보았다. 두 사람의 시선이 거울 안에서 만났다.

여자는 급히 시선을 피하고, 뒤돌아선 채로, 그러나 남자의 시선을 의식하면서, 거울 속 자신의 모습을 살펴보았다. 여자의 등 뒤에서, 남자가 말했다.

"안 어울려요."

여자는 얼굴을 붉히고, 화를 내야 하나, 무시해야 하나, 잠깐 고민했다. 둘의 시선이 거울 안에서 다시 마주쳤다. 남자는 미소를 짓고 있었다. 그 미소에는 분명 호의가 담겨 있었다.

"다른 모자도 마찬가지입니다. 모자 같은 건, 안 쓰는 게 훨씬 예뻐요."

"하지만 바닷가에 갈 건데요. 햇살 때문에요."

거울 속의 남자를 향해, 여자는 항의 혹은 변명을 했다. 내가 왜 이 사람한테 이런 말을 하고 있나 의아해 하면서.

남자는 소리 내어 웃었다. 묘하게 슬픈 웃음소리였다.

"피하고 싶은 겁니까?"

남자가 말했다.

"햇살을요?"

여자가 말했다.

"뭐든."

남자는 더 이상 설명하지 않겠다는 듯, 단호하게 입을 다물었다. 하지만 그 자리를 떠나진 않았다.

그때, 피했어야 했다고, 여자는 생각한다. 빈손으로 모자 가게를 나왔을 때, 갑자기 갈증이 밀려왔다.

"왜 화가 난 거죠?"

등 뒤에서, 남자가 물었다.

"화, 안 났어요."

뒤돌아선 채로, 여자가 말했다. 초여름의 햇살은 이미 따가웠고, 여자는 모자를 사지 않은 것을 후회하고 있었다.

"왜 모자를 사지 않았어?"

그날 저녁, 아늑한 레스토랑에서 저녁을 먹으며, 여자의 연인이 문득 물었다.

"그냥. 마음에 드는 게 없었어요."

또다시 밀려오는 갈증 탓에, 여자는 급히 와인을 마셨다.

"하지만 바다에 가려면 모자가 필요하다고 하지 않았어?"

"……가지 않아도 괜찮아요. 바쁜데 나 때문에 억지로 그럴 필요는."

여자의 연인은 고개를 들어 여자를 보았다. 포크 끝에 매달린 연어가 조금 흔들렸다.

"가고 싶어했잖아."

여자는 억지로 웃어 보였다.

"어서 먹어요. 배고프다고 했잖아요."

그날 밤의 난폭한 키스를, 여자는 아직도 이해할 수가 없다. 여자와 남자는 강이 내려다보이는 벤치에 앉아 있었다. 해는 이미 저문 지 오래였고, 햇살은 한 조각도 남아 있지 않았으므로, 모자 같은 건 이제 없어도 그만이었다.

"내겐 연인이 있어요."

여자가 말했다.

"그럴 거라고 생각했습니다."

남자가 말했다.

여자는 앞만 바라보고 있었다. 그렇다고 흔들리는 마음을, 흔들리는 세계를, 흔들리는 운명을 막을 수 있는 건 아니었다. 조심스럽고 달콤하게 시작한 키스가 난폭하게 끝났을 때, 여자는 피가 맺히도록 입술을 깨물었다.

작별의 인사도 없이, 여자는 자리에서 일어나 걸음을 재촉했다. 남자는 잡지 않았다. 그것이 두 사람 사이에 일어난 일의 전부였다.

'후회하고 있는 걸까, 나는.'

연인과 함께 오기로 한 바다를, 모자도 없이, 여자는 혼자 걷는다. 두 번 다시 남자를 만나지 못해도 상관없다고, 아니 차라리 그 편이 좋은 거라고, 여자는 생각한다. 다만 남자가 후회하고 있는지 아닌지, 그것만은 알고 싶었다. 아무것도 아닌 일, 무의미한 일, 일어나지 않았어야 했던 일, 최소한 그날의 그 키스가, 그 남자에게, 그런 것만은 아니었으면 좋겠다고. 어느 날 문득 걸음을 멈추고, 뒤돌아서서, 언젠가의 그 시간을 되돌아볼 때. 내가 그에게 후회는 아니었으면 좋겠다고. 아픔이거나 슬픔이거나 갈증이거나, 그러한 아름다움까지는 아니더라도.

「바닷가의 젊은 여인」

에드바르 뭉크(Edvard Munch, 1863~1944) — 노르웨이의 작은 마을 뢰텐에서 태어났다. 다섯 살 때 어머니가 세상을 떠나고 9년 후, 누나도 유명을 달리했다. 그의 여동생은 우울증에 시달렸고 아버지 역시 우울증에 시달리다가 1889년, 죽음을 맞았다. 1895년에는 남동생이 사망했으며 뭉크 자신도 잦은 병치레로 학교를 그만두고 화가가 되기로 결심했다. 고흐, 로트레크, 고갱 등의 작품을 통해 내면의 두려움을 극복하는 수단으로서 그림을 받아들였고, 이후 자신의 개인적인 경험을 그림에 투영했다. '생의 프리즈—삶, 사랑, 죽음에 관한 시'라는 연작을 통해 뭉크는 생의 공포와 절망, 고독과 불안, 슬픔과 어둠을 표현했다. 평생 조울증과 알코올중독에 시달렸으며 말년에는 시력을 잃고 홀로 세상을 떠났다.

거울 속에 그의 모습이 불쑥 들어왔다.
그 어떤 경우에도 노크는 하지 않는 사람.
그녀의 인생에 노크도 없이
무작정 밀고 들어온 사람.
그녀는 거울 속 그의 눈을 노려보았다.

절
벽

여자, 오늘은 날지만 머지않아 남의 뒤를 따를걸

오늘은 선물을 받지만 머지않아 자신을 내줄걸

오늘은 사랑이 없지만 머지않아 사랑하게 될걸

비록 사랑하지 않아도

아리아의 간주가 흐르는 사이, 그녀는 고개를 떨어뜨렸다. 그러면 안 된다는 건 알고 있었지만, 검은 아이라인과 마스카라가 눈 주위에 얼룩을 만들도록 놓아두는 것보다는 나을 거라고, 그녀는 생각했다. 갑자기 고개를 숙이는 바람에, 그녀의 눈동자 안에 고였던 눈물이 철렁, 하고 넘쳐 무대 바닥으로 떨어졌다. 눈물 방울은 너무 커보였고 영원히 바닥에 닿지 않을 것처럼 천천히 움직였다. 하지만 그런 걱정이나 하면서 계속 바닥을 보고 있을 수는 없었다. 그녀는 꼿꼿하게 고개를 들고, 도도한 표정을 지으며 우아하게 몸을 움직여, 무대 앞쪽으로 한 걸음 나아갔다.

"무슨 말인지 모르겠어? 이건 사포의 첫 번째 아리아라고. 이 한 곡이 끝나기 전에 관객들은 사포의 캐릭터를 파악해야 해. 여기서 실패하면 사람들은 당신이 노래하는 동안 하품이나 쩍쩍 하고 있을걸."

그 사람, 그러니까 사포를 주인공으로 한 오페라를 작곡한 사람은 처음부터 다짜고짜 반말이었다. 매니저가 전해준 그의 악보를 보고 그녀가 상상했던 작곡가는 부드러운 눈빛 속에 섬세함을 감추고 있는, 나이 지긋한 사람이었으나, 그는 여러모로 그녀의 생각과 달랐다. 지나치게 날카롭고 지나치게 무례한 그의 눈빛에 부드러움 따위는 없었다.

연습실에서 가진 첫 번째 만남 때도, 그는 그녀를 삼십 분이나 기다리게 했다. 뒤늦게 벌컥 문을 열고 들어온 그는, 사과도 인사도 하지 않고 피아노 앞에 앉아, 첫 번째 아리아의 전주 파트를 연주하기 시작했다.

그녀는 화를 누그러뜨리고 감정을 잡을 시간도 없이 노래를 불러야 했다. 하지만 한 소절이 채 끝나기도 전에, 그가 반주를 멈췄다.

"처음부터 다시."

그것이 그의 첫마디였다.

"왜 나였죠?"

마지막 리허설이 끝나고, 그녀는 그에게 물었다. 이 오페라에서 주연을 맡을 사람은 그녀밖에 없다고 주장하며 연출가와 캐스팅 디렉터에게 압박을 가한 사람이 그였다는 걸, 그녀는 뒤늦게 알았다. 그전까지 그녀가 맡은 역할은 기껏해야 무대에 두어 차례 등장했다가 사라지는 것이었고, 독창곡은 한 번도 불러본 적이 없었다. 그녀는 아직 검증되지 않은 신인이었고, 누군가의 눈에 띌 기회도 없었다. 그래서 오페라 〈사포〉의 출연진과 스태프들은 그녀의 등 뒤에서 온갖 추측과 소문을 퍼뜨리고 다녔고, 그것이 그녀의 귀에까지 들려왔다.

그녀의 질문에, 그는 당황하지도 않았고 화를 내지도 않았다.

"내일이면 알게 되겠지."

그는 그렇게 말하고, 아리아 「질투」의 전주를 연주하기 시작했다.

그는 생명을 가진 인간이나 나에게는 신과 같은 존재
그와 네가 마주 앉아 달콤한 목소리로 서로를 홀리고
너의 매혹적인 웃음이 흩어질 때면
내 심장은 용기를 잃고 작아지네
몰래 너를 훔쳐보는 내 목소린 힘을 잃고……

"첫 번째 아리아와 이 아리아 사이에 사포에게 일어난 변화를, 당신은 무시하고 있어. 아니면 모른 척하고 있거나."

반주를 멈추고, 딱딱한 목소리로 그가 말했다.

"사포에 대해 말해 봐."

그녀는 잠시 숨을 고르고, 천천히 이야기를 시작했다.

"기원전 612년에서 기원전 560년 정도까지 살았을 거라고 추정. 그리스의 작은 섬, 레스보스의 서정시인. 귀족 집안의 어린 소녀들을 모아 음악, 시, 무용 등을 가르침. 자신이 가르치는 소녀, 친구, 연인을 대상으로 많은 시를 썼으나 오늘날 남아 있는 것은 650행에 불과함."

"우리의 사포에 대해 말해 봐. 내가 창조한, 그러니까 당신 자신에 대해."

그녀는 자신도 모르게 한 걸음 앞으로 나가, 그의 어깨 위에 손을 얹었다. 바위처럼 단단한 그의 어깨는 바위처럼 미동도 없이, 그녀의 손 밑에서 버티고 있었다.

"아름다운 사포. 도도한 사포. 사랑을 경멸하던 사포. 늙고 추한 파온의 사랑을 받은 사포. 아프로디테에게 시를 바치고 자신을 젊고 잘생긴 청년으로 보이게 하는 향을 달라고 부탁한 파온. 그 향을 피워놓고 다른 여자와 함께 있는 것을 사포가 보게 한 파온. 질투에 몸을 떨며 파온에게 사랑을 고백하는 사포. 그러나 향의 효력은 떨어지고, 추하고 역한 본래의 모습으로 변한 파온. 절망하여 절벽에서 몸을 던진 사포."

말을 마치고, 그녀는 절벽 끝의 바위를 붙잡듯 그의 어깨를 움켜쥐었다.

"왜 당신이냐고? 당신은 아무것도 아니었으니까. 내가 만든 사포를 고스란히 심을 수 있는, 백지였으니까."

그는 자리에서 일어섰고, 버틸 곳을 잃은 그녀는, 그대로 무너져 내려앉았다.

연출가의 의도는 아니었으나, 그녀는 끝내 1막의 마지막 아리아 「질투」를 부르며 예기치 않은 눈물을 떨어뜨렸다. 화장대 위의 꽃다발을 대충 밀어내고, 그녀는 거울 속의 자신을 바라보았다. 아무래도 화장을 다시 해야 할 것 같았다.

"질투의 눈물이라. 참신한 해석이군."

거울 속에 그의 모습이 불쑥 들어왔다. 그 어떤 경우에도 노크는 하지 않는 사람. 그녀의 인생에 노크도 없이 무작정 밀고 들어온 사람. 그녀는 거울 속 그의 눈을 노려보았다. 내가 할 수 있는 저항은 고작 이 정도였나. 그녀는 생각했다. 사랑을 강탈당한 여자라면, 최소한 이것보다는 더한 짓을 해야 하는 게 아닌가.

"나는, 당신이, 싫어요."

화장솜에 오일을 묻혀 얼굴을 닦아내며, 그녀가 말했다. 그는 거울 속에서 부딪힌 그녀의 시선을 피하지 않았다.

"당신은 그런 감정을 가지면 안 돼. 좋다거나 싫다거나, 그런 건 나와 당신 사이에 존재해서는 안 되는 감정이라고. 처음부터 당신은 내가 어떤 사람인지 알고 있지 않았나? 그런데 이제 와서 추하고 역한 모습이 아름답게 보인다고? 왜? 오페라 때문인가? 당신이 부르고 있는, 내가 만든 그 거짓말들 때문에?"

파우더를 두드리며, 그녀는 입술을 깨물었다.

"이제 무대 위로 올라가서, 절벽에서 몸을 던져."

그가 밖으로 나가고, 그녀는 떨리는 손으로 눈썹을 그렸다. 눈썹이 비뚤어지면 안 돼. 우스꽝스럽게 보일 거야. 생각하면서.

아무도 원망하지 않으리라
파온이여, 멜리타여
내가 죽는 것은 생에 지친 까닭
더 이상 살아갈 욕망을 잃었으니
더 이상 시를 쓸 욕망을 잃었으니
녹슨 하프와 갈라진 심장을 내던지고
피안으로, 내 영혼의 고향으로, 돌아가 쉬리라
우리는 다른 곳으로부터 온 사람들
그것이 우리 죄의 전부
아무도 원망하지 않으리
안녕, 안녕

오페라의 마지막 아리아 「유서」의 마지막 소절이 끝났을 때, 그녀는 무대 위에 솟아오른 절벽 끝에 서 있었다. 이제 세 걸음을 걷고, 뛰어내리는 거야. 거리를 가늠해보기 위해 가늘게 뜬 그녀의 눈으로, 객석의 제일 앞자리에 앉아 있는 그의 모습이 들어왔다. 그의 표정은 보이지 않았다. 다만 그의 자리로 떨어진 약한 조명 속에서, 그의 입술이 움직이는 것을 그녀는 본 것 같기도 했다.

'뛰어내려.'

그녀는 그의 입술을 그렇게 읽었고, 그를 향해 가볍게 고개를 끄덕였다.

'당신은 모든 걸 조종했다고 믿고 있지. 나는 당신의 창조물이고, 당신의 명령에 따라 뛰어내릴 거라고. 그래, 맞아. 하지만 이제 곧 당신이 잃게 될 것이 무엇인지, 당신은 상상도 하지 못할 거야. 그리고 난 당신이 잃은 것을 영원히 갖게 될 거야. 이건, 나의 승리야.'

그녀의 얼굴에서 긴장과 두려움이 사라지고, 평화로운 미소가 떠올랐다. 그녀는 세 발자국을 걸었다. 그리고 아무런 망설임도 없이, 영원히 죽지 않을 사랑을 마음에 품은 채, 절벽에서 뛰어내렸다.

지은이 주 고대 그리스의 시인 사포를 주인공으로 한 연극으로는 오스트리아의 극작가 겸 시인인 프란츠 그릴파르처(1791~1872)가 1818년에 발표한 희곡 『사포』, 오페라로는 프랑스의 작곡가 샤를 프랑수아 구노(1818~93)가 작곡한 〈사포〉가 있다. 이 글에 나오는 오페라 〈사포〉는 이 두 작품과 관계가 없으며, 전해 내려오는 전설에 기초한 픽션이다. 다만 인용한 노래 가사는 사포가 남긴 시에서 따온 것이다.

「사포의 죽음」

귀스타브 모로(Gustave Moreau, 1826~1898) ─ 프랑스에서 태어나 파리 미술학교에서 그림을 배웠다. 이탈리아 여행 중에 15세기 미술작품에 감동을 받았고, 미지의 세계에 대한 상상력을 중요하게 생각했던 들라크루아의 낭만주의를 되살려냈다. 신화, 종교, 역사 등에서 주로 소재를 찾았으며 선과 악, 남성과 여성, 정신과 물질 등 대립되는 개념을 담아냈지만 이분법적 사고에 얽매이지는 않는 그림을 그렸다. 일생 동안 규칙적인 생활을 유지하며 작업에 몰두했고, 작품을 위해 문학, 철학, 고고학, 신학 등을 공부했다. 1895년, 모로는 자신의 집을 개조하여 모로 미술관을 만들고 기록과 작품을 모으기 시작했다. 8,000여 점에 이르는 그의 유화, 수채화, 데생 등은 모로가 세상을 떠난 후, 유언에 의해 국가에 기증되었다.

나는 걸어서, 뛰어서, 날아서,
당신에게 갑니다. 단 한 번 당신의 눈에 띄는
그 순간, 나의 모든 것을 보여주기 위한
준비를 마치고. 당신은 나를,
나는 당신을 한순간 스쳐지나가겠지만,
결코 기억을 지울 수는 없을 거에요.

아무것도 아닌 것처럼

자꾸만 그런 생각이 드는 거지요. 나는 어쩌면 오직 단 한 번, 당신의 눈에 띄기로 되어 있었다는. 그건 아주 오래전에 작정된 일이지요. 어쩌면 내가 태어나기 전부터, 어쩌면 당신이 태어나기 전부터. 그러니까 그 작정은 나도 당신도 바꿀 수는 없는 거지요. 물론 당신은 별로 상관하지 않겠지만요.

나라고 해서 처음부터 상관했던 건 아니에요. 문제는, 당신이 나를 발견하기 전에 내가 이미 당신을 발견해버렸고, 그 순간부터 당신을 상관하지 않을 수 없게 된 거지요. 그렇다고 해도 내 발로 걸어가서, 이제부터 나는 당신을 상관하겠다고 말할 수는 없는 일이었어요. 그것 역시 오래전에 작정된 약속이니까요. 역시 내가 태어나기 전부터, 역시 당신이 태어나기 전부터.

처음 그러한 사실을 깨닫게 되었을 때 나는 몹시 막연해졌지요. 당신과 내가 바꿀 수 없는 작정과 약속과 운명을 바꾸어줄 누군가를 찾아야했지요. 처음에 난 물고기를 만나러 바다로 가기로 했어요. 혹시 그 작정이 물고기가 태어난 후에 만들어진 거라면, 제발 돌이켜달라고 부탁하기 위해.

바다는 내가 사는 곳에서 아주아주 멀었기 때문에, 나의 여정은 쉴 틈이 없었지요. 게으른 해가 지평선 근처에서 꼬물거리고 있을 때, 나는 벌써 신발 끈을 묶고 배낭을 메고 그날의 첫 발자국을 뗐답니다. 하루라도 빨리 바다에 도착하기 위해 서두르는 나를, 그 어떤 아름다운 도시도 그 어떤 아름다운 사람도 붙잡아놓을 수는 없었어요. 매일 수많은 사람과 풍경을 만나고 꼭 그만큼의 사람과 풍경에게 이별을 고하는 시간이 얼마나 흘렀을까요.

에드가르 드가, 「앙바사되르의 카페 콘서트」

마침내 내가 바다에 이르렀을 때, 은빛 지느러미와 푸른 눈동자를 가진 작은 물고기 한 마리가 나를 맞이했어요. 보자마자 왜 이리 늦었느냐고 타박하면서도, 차가운 물을 적신 푸른 수건을 건네주었지요. 내가 이마의 땀을 닦아내는 동안, 물고기는 수면에 작고 동그란 원을 그리며 다섯 바퀴를 돌았답니다.

"어때?"

내가 한숨을 돌리기를 기다렸다가, 물고기가 말했어요.

"뭐가?"

질문이나 부탁은 내가 해야 하는 것이 아닌가, 하고 생각하며 나는 되물었어요.

"준비가 된 건가? 안 된 건가?"

물고기는 나를 아래위로 꼼꼼하게 훑어보며 생각에 잠겼지요. 물고기의 시선을 따라, 나도 나 자신을 바라보았어요. 나의 눈동자나 등은 볼 수 없으니, 팔과 다리, 무릎과 발가락 같은 것을 살폈지요. 그러고 보면 집을 떠난 이후, 나는 단 한 번도 나를 거울에 비춰본 적이 없었던 거예요. 내가 알지 못하는 사이, 나는 꽤 많이 변해 있었답니다. 희고 부드럽던 손가락에 굳은살이 박이고, 종아리에는 단단한 근육이 생겼지요. 검게 그을린 팔은 제법 커다란 돌멩이와 묵직한 나뭇가지를 헤치고 숲을 헤쳐 나갈 수 있을 만큼 튼튼해 보였어요.

"이제 좀 제대로 걸을 수 있게 된 거야."

물고기가 말했어요.

"하지만 그게 어떻다는 거야? 준비라니, 뭘 위한 준비? 그보다 난 너한테 부탁이 있어서……."

"아아, 그 이야기는 꺼내지도 마."

물고기는 내 말을 가로막고 짧은 한숨을 쉬었어요. 나는 심장이 철렁 내려앉았지만, 인내심을 갖고 물고기의 설명을 기다렸지요.

"그 작정은 네가 태어나기 전, 그가 태어나기 전에 작정된 작정이잖아. 불행히도, 나 역시 태어나기 전이었다고."

물고기가 미처 말릴 틈도 없이, 내 눈에서는 눈물이 방울방울 떨어졌어요. 힘을 잃은 내 다리는 갈팡질팡 비틀거리다가, 나를 새하얀 모래 사장에 주저앉혔지요.

"어쩔 수 없네. 넌 걸을 수도 있고 뛸 수도 있지만, 아직 멀었어. 어차피 오늘은 늦었으니까 여기서 쉬도록 해. 하지만 내일은 길을 떠나야 할 거야."

"어디로?"

"새를 찾아가야지."

나는 고개를 끄덕이고, 물고기가 끓여준 해초 수프를 떠먹고, 새하얀 모래사장에 엎드려 잠이 들었답니다.

새를 만나러 가는 길은, 물고기를 만나러 가는 길보다 훨씬훨씬 힘들었어요. 바다로 가는 길은 내리막이지만, 새를 만나려면 오르막을 올라야 한답니다. 물고기들은 바다에서, 새들은 하늘에서 살고 있으니까요. 그러니 새와 이야기를 나누려면 나도 하늘 가까이, 올라갈 수 있을 만큼 높이 올라가야만 했어요.

하나의 봉우리를 넘으면 또 하나의 봉우리가 나타나고, 그 봉우리를 넘으면 깎아지른 절벽과 거친 물살이 닥쳐오는 계곡이 모습을 드러냈지요. 나는 밤마다 포기를 꿈꾸었고, 새벽마다 배낭을 꾸려 내려가는 길

에드가르 드가, 「앙바사되르 카페의 마드무아젤 베카」

을 더듬었어요. 하지만 그런 순간마다, 어디선가 날아온 새가 내 머리 위를 빙글빙글 돌며 슬프도록 아름다운 노래를 불렀답니다. 내가 너의 대답을 가지고 있으니 조금만 더 올라오라고, 한 번 내려가면 두 번 다시 올라올 수 없다고.

그리고 어느 날, 마침내 나는 새의 둥지 앞에 서게 되었어요. 내가 차가운 샘에서 세수를 하는 동안, 노란 깃털과 파란 부리를 가진 새는 내 머리 위를 열 바퀴나 날았답니다.

"어때?"

내가 호흡을 고르기를 기다렸다가, 새가 말했어요.

"뭐가?"

역시 질문은 내가 해야 하는 건데, 생각하면서 나는 되물었지요.

"때가 된 건가, 안 된 건가?"

새는 내 주위를 날아다니며 나를 구석구석 살폈지요. 이번엔 마침 샘이 곁에 있었기 때문에, 나는 내 팔과 다리, 무릎과 발가락뿐 아니라 눈동자와 머리카락도 샘에 비춰볼 수 있었답니다. 몸을 틀자 어깨 뒤와 등 뒤도 살짝 보였지요. 그리고 보니 바다를 떠나온 지도 오래, 그사이에 나는 또 변해 있었어요. 목에서 어깨와 팔로 흘러내리는 완만한 곡선은 금방이라도 퍼덕일 듯 고요히 떨리고, 단단한 발목은 동서남북 어디로든 방향을 틀어 뛰어갈 수 있을 만큼 힘차 보였답니다.

"어쩌면 때가 된 거야."

새가 말했어요.

"때라니? 무엇을 하기 위한 때? 아니 그보다 난 너에게……."

"아아, 그 이야기는 꺼내지도 마."

새는 내 말을 막고 답답하다는 듯 날개를 파닥였어요. 나는 마음이 툭 떨어졌지만, 끈기를 갖고 새의 설명을 기다렸지요.

"그 작정은 네가 태어나기 전, 그가 태어나기 전에 작정된 작정이잖아. 슬프게도, 나 역시 태어나기 전이었다고."

새가 미처 말릴 틈도 없이, 내 눈에서는 눈물이 방울방울 떨어졌어요. 하지만 내 다리는 힘을 잃지도 않았고, 나를 새파란 들판에 주저앉히지도 않았지요.

"그래, 됐어. 넌 이제 날 준비가 된 거야. 어차피 오늘은 늦었으니까 여기서 쉬도록 해. 그리고 내일 길을 떠나."

"어디로?"

"그를 만나야지."

나는 고개를 끄덕이고, 새가 끓여준 버섯 수프를 떠먹고, 새파란 들판에 엎드려 잠이 들었답니다.

나는 걸어서, 뛰어서, 날아서, 당신에게 갑니다. 단 한 번 당신의 눈에 띄는 그 순간, 나의 모든 것을 보여주기 위한 준비를 마치고. 당신은 나를, 나는 당신을 한순간 스쳐지나가겠지만, 결코 기억을 지울 수는 없을 거예요. 자신의 눈앞에서 땅을 박차고 하늘을 나는 사람을, 쉽게 잊지는 못할 테니까요. 그러나 당신은 꿈에도 모를 테지요. 그 긴 세월 동안 내가 그 순간을 준비해왔다는 것을. 온 힘을 다한 그 일별, 그것을 아무것도 아닌 것처럼 하기 위해 일생을 달려왔다는 것을. 그래요, 그것으로 된 것이랍니다, 우리는, 이번 생에서는.

「앙바사되르의 카페 콘서트」

에드가르 드가(Edgar Degas, 1834~1917) — 프랑스 파리에서 부유한 은행가의 장남으로 태어났다. 법률을 배우다 미술학교에 입학하고 이탈리아를 여행하면서 르네상스 작품에 깊은 관심을 기울이기 시작했다. 이후 10여 년 동안 고전을 연구하며 인물의 순간적인 포즈를 새로운 각도에서 묘사하는 그림을 즐겨 그렸다. 18세기 후반에서 19세기 초, 파리의 앙바사되르 카페는 많은 아티스트들이 드나들던 문학과 예술의 중심지였는데, 드가는 이 카페에서 열리는 콘서트의 포스터를 그리기도 했다. 노란색, 초록색, 붉은색이 주조가 된 이 아름다운 연작은 드가가 즐겨 소재로 삼던 극장 풍경을 담고 있다.

「자화상」

이인—개인전 15회. 국립현대미술관, 경기도미술관, 금호미술관, OCI미술관, 파라다이스문화재단,
국가정보경영연구원, 외교통상부, 거제문화회관, 통영시, 국토개발연구원, 청암학술문화관,
태평양법무법인 등 다수 기관에 작품 소장.

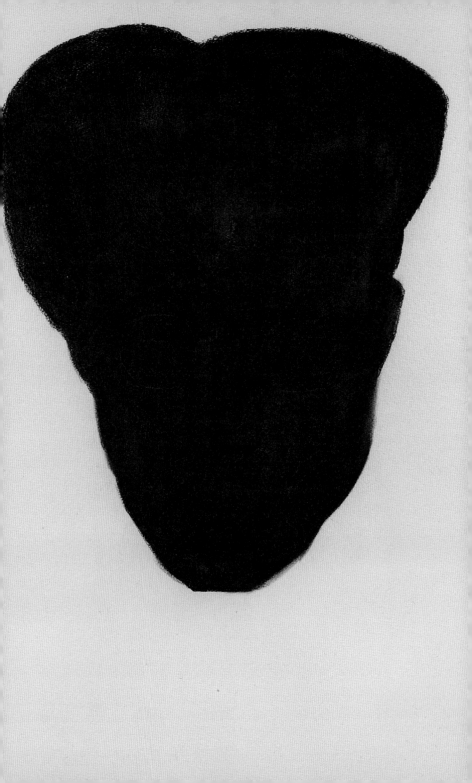

에필로그를 대신하여

그가 여기 있었다

수많은 밤들이 있었다. 수많은 낮들이 있었다. 기억해둘 만한 일들, 기억에서 사라진 일들이 있었다. 붙잡고 싶었지만 희미해진 기억들이 있고, 기억하고 싶지 않으나 지울 수 없는 일들도 존재한다. 가지마다 탐스럽게 매달린 사과들이 있었고, 연두에서 초록으로, 황금빛으로, 다시 갈색으로 변해가는 들판의 풀들이 있었다. 텅 빈 뼈를 가진 새들이 있었고, 새들의 꿈을 꾸는 조개들과 푸르고 깊은 바다를 유영하는 고래들도 어딘가에 있었다. 어쩌면 조그마한 손으로 모래성을 만들던 아이들, 무심하게 머리카락을 흐트러뜨리던 바람, 어깨 위에 부드럽게 내려앉던 햇살이 있었다. 찾으려 했던 길들, 기다리는 시간, 가눌 수 없는 열정, 속도를 늦추지 않는 세월, 빛바랜 무정, 뜨거워졌다가 차가워진 마음들이 있었다.

그가 여기 있었다.

아직 아무것도 시작되지 않았을 때, 당신을 본 적이 있다. 새벽이었다. 난폭한 꿈에서 밀려나온 나는 내가 있는 곳이 어디인지 알고 싶어서 창문을 열었다. 지하 세계로부터 스멀스멀 피어올라온 것 같은 회색빛 안개가 낯선 거리를 배회하고 있었다. 습기를 잔뜩 품은 바람이 불어와 내 뺨과 머리카락이 금세 축축해졌다.

당신은 골목 모퉁이 아직 불이 꺼지지 않은 가로등 아래에 서 있었다. 사람이라기보다는 그림자의 형체였다. 온통 흑백의 풍경 안에서 흑백의 형상으로 녹아 있던 당신이 움직였을 때, 나는 흠칫 숨을 죽였다. 당신은 나를 보지 못했다. 다만 어딘가를 응시하고 있었다. 당신이 응시하고 있는 어딘가에, 움직이는 것은 아무것도 없었다. 움직이는 것도 살아 있는 것도 없는 그 어딘가를 향해, 당신은 걸음을 옮겼다. 당신이 완전히 시야에서 사라진 후, 나는 일흔다섯 개의 계단을 밟고 내려갔다. 당신이 거기 있었다는 증거를 찾고 싶었다. 누군가, 나 이외의, 어떤 생명체가, 가까운 곳에 잠시 머물렀다는 증거를, 손으로 만져보고 싶었다.

가로등 아래 아직 선명한 발자국이 남아 있었다. 나는 무릎을 땅에 대고, 손가락으로 그 자국을 더듬었다. 냉랭하고 축축한 습기가 손가락을 타고 올라왔다. 무의식 속에서 발현된 꿈의 기억이 여전히 나를 지배하고 있었으므로, 나는 여전히 낯설고 어리둥절했다. 그 무렵, 내 모든 기억의 형편이 그러했다. 내가 무얼 하고 있는지, 어디에 있는지, 어쩌고 싶은지 하나도 몰랐지만, 한 가지 분명한 것이 있었다.

당신이 거기 있었다.

기억 속에서, 입체는 평면으로 저장된다. 하지만 기억이 원하는 것은 평면적 세계, 평면적 감정, 평면적 시간이 아니다. 기억은 평면을 들추고 뒤흔들어 그 안에서 새로운 입체를 만들어낸다. 강한 것과 약한 것, 거친 것과 부드러운 것, 진한 것과 맑은 것, 강약과 질감과 명암. 드러낼 것을 드러내고 감출 것을 감춘다. 혹은 감추려고 했던 것이 드러날 수도 있다.

자신에 대해 이야기하지 않는 사람을 이해하기 위해서는, 그가 하지 않는 이야기에 귀를 기울여야 한다고, 누군가 말했다. 그의 발자국이 습기 어린 땅 위에 새긴 양각, 그 강약과 질감과 명암은 내 기억 속에 평면으로 저장되었다가 다시 입체로 바뀐다. 봄에서 여름, 가을, 그리고 겨울을 거쳐가는 들판의 풀들처럼, 몇 가지 선명한 색채를 얻고 또 잃는다. 더 많은 시간이 흐르면, 그것은 그저 하나의 면, 또는 선, 또는 점으로 남게 될 것이다. 그렇다고 해서, 한때 그가 여기 있었다는 사실을 바꿀 수는 없다.

그가 하지 않은 이야기에 귀를 기울여 그가 하지 않은 이야기를 듣는 일이, 가능할지도 모른다. 하지만 그것이 진실인지 아닌지는 알 수 없다. 그가 하지 않는 이야기에 대해 물어볼 수는 없으니까.

온몸의 촉수를 곤두세우고 완전히 한 사람에게 집중할 때, 표정과 표정 사이, 단어와 단어 사이, 문장과 문장 사이, 동작과 동작 사이의 템포와 리듬을 감지할 때, 그리하여 그 속으로 완벽하게 녹아들어갈 준비가 되어 있을 때, 의도적인 어긋남으로 템포와 리듬을 흐트러뜨림으로써 그 사람을 흐트러뜨리는 일에는 용기가 필요하다. 하지만 맥락 없고 엉뚱하면서도 핵심에 근접한, 예기치 못한 질문을 받고 당황하는 사람의 얼굴은 얼마나 아름다운가.

그것은 평면으로 저장될 운명을 가진 기억이 어떤 질감과 색채를 얻어 입체로 바뀌는 순간이다. 그 기억에 손을 대면, 거칠거나 부드러운 감촉이 느껴진다. 물론 자칫 잘못하면 손가락을 베일 수도 있다.

어느 늦은 밤, 집으로 돌아오는데 복도 한쪽에 낡은 소파 하나가 놓여 있었다. 이웃집에서 버리려고 내놓은 것이었다. 나는 어떤 충동에 이끌려, 그 소파를 집으로 들여놓았다. 나한테는 전혀 필요 없는 물건이었고, 예상대로 처치곤란이었다.

새벽의 가로등 아래에 서 있는 당신을 보았던 그날 밤, 나는 아무도 몰래 그 소파를 버리기로 결심했다. 엄청나게 무거웠지만 그럭저럭 가로등까지 질질 끌고 갈 수는 있었다. 처음에는 아마도 푸른색이었을, 이제는 회색으로 바랜 소파는 곧 흑백의 풍경 속에 묻혔다. 마치 백 년 전부터 그곳에 있었던 것처럼, 아무런 위화감도 없이 느긋하게 자리를 잡은 소파를 남겨두고 나는 집으로 돌아왔다.

다음 날 새벽, 열어둔 창으로 차고 눅눅한 바람이 불어와 침대 위에 펼쳐둔, 잠들기 전까지 읽던 책의 갈피를 뒤적였다. 전날보다 조금 짙어진 농도, 조금 거칠어진 질감의 바람이었다. 당신은 전날과 같은 자세로, 가로등 아래에 물끄러미 서 있었다. 전날까지 내 방에 있었던 소파도, 가로등 아래에 물끄러미 놓여 있었다. 소파는 덩치 크고 겁이 많은 동물처럼 보였다. 나는 당신을 보고, 당신은 소파를 보고, 소파는 나를 보았다. 우리 셋 다, 내가 왜 여기서 너를 보고 있는가, 생각하고 있었다.

당신이 그 소파에 앉기까지, 사흘이 걸렸다. 그리 오래 머물지는 않았다. 새벽의 안개가 조금씩 물러가고 가로등의 불빛이 꺼지기 전, 당신은 천천히 몸을 일으켜 내가 알지 못하는 다른 세계를 향해 걸어가서, 멀어졌다. 당신의 부재를 확인한 후, 나는 일흔다섯 개의 계단을 내려가 소파를 응시했다. 낡은 소파였기 때문에, 누군가 앉았다 일어난 자리가 선명하게 새겨져 있었다. 당신이 여기 있었다는 입체적이고 물리적인 증거를, 나는 얻었다.

누군가가 하지 않은 이야기에 더 많은 이야기들이 있다면, 누군가의 부재는 누군가의 존재에 대해 더 많은 것을 알려줄 수 있을 것이다. 그러나 하지 않은 이야기들에 대한 무수한 짐작들이 모두 진실이 아닌 것처럼, 누군가의 부재는 그 사람에 대한 감정을 과대평가하거나 과소평가하게 만든다. 그 간극에서 어떻게 살아남을 것인가.

당신을 보았기 때문에, 모든 것이 시작되었다. 그것을 인정하기까지 꽤 오랜 시간이 걸렸다. 나의 심장이 뛴다고 해서, 내가 누군가의 삶에 편입되었다거나, 누군가가 내 삶으로 편입되었다는 것을 쉽게 수긍할 정도로 내가 순진하지 않은 덕분이다. 덕분에, 어떤 시작을 인정하고 받아들인다는 것은 동시에 끝을 인정하고 받아들여야 하는 것이라고, 나의 가엾은 심장에게 타이를 수 있었다.

순간을 중요하게 생각하는 사람들은 마지막에 매혹된다. 어쩌면 속도에 매혹되는 것인지도 모른다. 내가 일흔다섯 개의 계단을 뛰어 내려갔던 날, 가쁜 숨을 내쉬며 빨개진 얼굴과 시린 눈으로 시야에서 막 사라지려 하는 당신의 뒷모습을 붙잡으려 했던 날, 하필이면 당신이 문득 걸음을 멈추고 뒤돌아보았던 날, 허공에서 서로의 시선이 부딪히고 나의 입술 사이로 가느다란 입김이 한숨처럼 흘러나왔던 날, 흐릿한 평면의, 흑백으로 만들어진 세계에 균열이 가고 그 틈으로 무엇인가 선명한 것이 꿈틀, 또는 파닥파닥, 하는 것을, 나는 얼핏 보았다.

나는 심해에서 갓 끌려나온 물고기처럼 불안한 호흡을 가라앉히려고 안간힘을 썼고, 당신은 매우 낯선 혹은 아주 친숙한 것을 보는 시선으로 나와 가로등 사이 어딘가를 바라보았다. 그리고 소파는 당신과 나 사이에 섬처럼 떠 있었다.

그 짧은 만남 또는 스침 또는 충돌 이후, 나는 새벽에 창문을 여는 것이 두려워졌다. 그가 없으면 어쩌나 불안했고 그가 있으면 어쩌나 두려웠다. 나는 지우면 지워지는 사람이 되고 싶었으나 동시에 내가 존재하는 세계를 그에게 확실하게 인지시키고 싶었다. 아니다, 나는 그 어느 쪽도 원하지 않았다. 그러면서 전부를 원했다. 그 전부가 무엇인지도 모른 채로.

내가 그런 생각에 갈팡질팡 매달려 있는 동안, 시간은 나를 대신하여 순교자처럼 죽어갔다. 그리고 어느 새벽, 창문을 열었을 때, 소파는 사라져 있었다. 나는 일흔다섯 개의 계단을 밟고 내려가 싸늘한 바람의

품에 흐느적거리며 안겼다. 손을 뻗어 가로등에 대어보았지만 이상하게도 굴곡이 느껴지지 않았다. 그건 마치 종이처럼 얇고 납작하고 바싹 말라 있었다.

어디선가 조용히 첫눈의 기척이 흘러왔다. 갓 떠오른 창백한 햇살이 부르르 몸을 떨더니 곧 먹구름 안으로 들어가버렸다. 검은 구름은 흰 눈을 토해내기 시작했다. 나는 손바닥으로 눈을 받아 들었다. 뜨거운 체온 속으로 모질고 차가운 눈발이 날카롭게 파고들었다가 사라졌다. 나와 나를 둘러싼 세계가 온통, 평면이고 흑백이었다. 나의 저항과는 무관하게, 사과들, 풀들, 새들, 조개들, 고래들, 아이들, 바람과 햇살, 길들, 시간, 열정, 세월, 무정, 응시하던 모든 것들과 외면했던 것들, 하지 않았던 이야기들, 속에서 그의 얼굴이 조금씩 어두워지고, 그의 부재가 조금씩 도드라져 갔다.

세계가 멀어졌다 가까워지고 다시 멀어지는 사이, 나는 한 잎의 꽃잎이나 깃털, 한 장의 종이 같은 것이 되었다. 나의 손이 먼저 시야에서 사라졌다. 그다음에는 발등이, 손목과 팔이, 다리와 허리가, 가슴과 어깨가, 마침내 목과 얼굴이 사라졌다. 그 모든 '있음'들 뒤에, 모든 '없음'들이 온다. 그러니까 그 '있음'들에 대해, 일일이 다정한 이름을 붙여줄 필요는 없을지도 모른다. 후회라거나 슬픔이라거나 사랑 같은 이름들. 다만 그저 이렇게, 이 하나의 문장으로, 마침내 한 사람의 얼굴을 기억하려 한다.

그가 여기 있었다.

이인, 「화색, 비움」

도판 목록

프롤로그

이별

첫 번째 이야기。

**조지 프레더릭 와츠,
「희망」**

1886년,
캔버스에 유채, 141×110cm,
런던 테이트갤러리

**펠릭스 발로통,
「옷장을 뒤지는 여자」**

1900~01년,
캔버스에 유채,
개인 소장

**피에르-오귀스트 르누아르,
「우산」**

1881~86년경, 캔버스에 유채,
180.3×114.9cm,
내셔널갤러리, 런던

**프레더릭 차일드 해섬,
「비 오는 날의 피프스애비뉴」**

캔버스에 유채, 존 앤드 메이블
링글링 미술관, 플로리다 사라소타

**바실리 칸딘스키,
「크리놀린을 입은 사람들」**

1909년, 캔버스에 유채,
95.2×150.1cm,
솔로몬 R. 구겐하임 미술관, 뉴욕

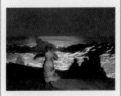

**윈슬로 호머,
「여름밤」**

1890년, 캔버스에 유채,
74.9×101cm,
오르세 미술관, 파리

**앙리 마티스,
「니스의 실내」**

1919 혹은 1920년,
캔버스에 유채, 132.1×88.8cm,
시카고 아트 인스티튜트

슬픔

두 번째 이야기.

윌리엄 메릿 체이스,
「숨바꼭질」

1888년, 캔버스에 유채,
70.17×91.12cm, 필립스 컬렉션,
워싱턴 D.C

앙리 팡탱라투르,
「밤」

1897년, 캔버스에 유채,
61×75cm, 오르세 미술관, 파리

오거스터스 존,
「울타리 앞에 선 도렐리아」

1903~04년, 캔버스에 유채,
202×122cm, 테이트 갤러리, 런던

폴 고갱,
「백합 속에서」

1893년, 캔버스에 유채,
36×24cm, 개인 소장

장 베로,
「술꾼」

1908년, 나무판에 유채,
45.7×36.8cm,
개인 소장

에우게니우슈 자크,
「광대의 여인」

1924년, 캔버스에 유채,
92×65cm, 개인 소장

윌리엄 메릿 체이스,
「녹색 옷을 입은 여인」

1909년경, 나무판에 유채
45.1×33cm, 개인 소장

렘브란트 판 레인,
「책상 앞에 앉은 성 바울」

1629~30년, 나무판에 유채,
47.2×38cm, 게르마니아
국립박물관, 뉘른베르크

**마르피 외뢴,
「정원에서」**

종이에 수채, 개인 소장

**장-밥티스트 그뢰즈,
「깨진 거울」**

1763년, 캔버스에 유채,
월러스 컬렉션, 런던

**오딜롱 르동,
「감은 눈」**

1890년, 캔버스에 유채,
44×36cm, 오르세 미술관, 파리

**빌헬름 함메르쇠이,
「피아노와 검은 옷을 입은
여인이 있는 실내, 스트란가데
30번지」**

1901년, 캔버스에 유채,
63×52.5cm, 코펜하겐
오르드룹고르

**오딜롱 르동,
「감은 눈」**

1894년, 나무에 유채,
개인 소장

**오딜롱 르동,
「감은 눈」**

1894년경, 캔버스에 유채,
개인 소장

**오딜롱 르동,
「감은 눈」**

1899년, 카드보드에 유채,
개인 소장

**모리스 로브르,
「자크 에밀 블랑슈의 화장방」**

1888년, 캔버스에 유채,
80×85cm, 개인 소장

사랑 마지막 이야기.

**쥘 바스티앵르파주,
「어린 소녀」**

캔버스에 유채, 개인 소장

**제임스 티소,
「지나가는 폭풍」**

1876년경, 캔버스에 유채,
76.2×101.6cm, 비버브룩 미술관,
뉴브런즈윅 프레더릭턴

**요하네스 페르메이르,
「음악 수업」**

1662~65년경, 캔버스에 유채,
74×64.6cm, 영국 왕실 컬렉션

**쥘 바스티앵르파주,
「학교에 가다」**

1882년, 캔버스에 유채,
59.8×80.9cm, 애버딘 미술관

**로렌스 알마-태디마,
「실버 페이버리츠」**

1903년, 나무에 유채,
69.1×42.2cm, 맨체스터 미술관

**토머스 윌머 듀잉,
「음악」**

1895년경, 캔버스에 유채,
108.0×91.4cm,
스미소니언 미국미술관, 워싱턴 D.C

**요제프 리플로너이,
「새장을 든 소녀」**

1892년, 캔버스에 유채,
국립미술관, 부다페스트

**존 싱어 사전트,
「스페인 무희」**

1879~82년경, 캔버스에 유채,
222.76×151.13cm,
개인 소장

**토머스 윌머 듀잉,
「독서」**

1897년, 캔버스에 유채,
51.3×76.8 cm,
스미소니언 미국미술관, 워싱턴 D.C

**에드바르 뭉크,
「바닷가의 젊은 여인」**

1896년, 리소그래프,
오슬로 뭉크 미술관

**귀스타브 모로,
「사포의 죽음」**

1870년, 캔버스에 유채,
개인 소장

**에드가르 드가,
「앙바사되르의 카페 콘서트」**

1885년, 모노타이프 위에 파스텔,
파리 오르세 미술관

**에드가르 드가,
「앙바사되르 카페의
마드무아젤 베카」**

1885년, 리소그래프 위에 파스텔,
23×20cm, 개인 소장

**에드가르 드가,
「앙바사되르의 카페 콘서트」**

1876~77년,
모노타이프 위에 파스텔, 37×26cm,
리용 보자르 미술관

ⓒ이인, 「자화상」

2007년,
종이에 콩테, 77×56cm

ⓒ이인, 「화색, 비움」

2004년,
한지에 채색, 각 55×48cm

눈을 감으면
낮의 이별과 밤의 사랑, 혹은 그림이 숨겨둔 33개의 이야기
ⓒ황경신 2013

1판 1쇄   2013년 4월 19일
1판 6쇄   2018년 9월 17일

지은이   황경신
펴낸이   정민영
책임편집   손희경
편집   박주희
디자인   땡스북스 스튜디오
마케팅   정민호 이숙재 정현민 김도윤 안남영
제작처   한영문화사

펴낸곳   (주)아트북스
출판등록   2001년 5월 18일 제406-2003-057호
주소   10881 경기도 파주시 회동길 210
대표전화   031-955-8888
문의전화   031-955-7977(편집부) | 031-955-3578(마케팅)
팩스   031-955-8855
전자우편   artbooks21@naver.com
트위터   @artbooks21
페이스북   www.facebook.com/artbooks.pub

ISBN 978-89-6196-132-5 03810